比较文学与世界文学 研究丛书

主编 曹顺庆

三编 第 **9** 册

头脑清醒的"局内人"
——索尔·贝娄文学创作的"美国性"研究(下)

张宪军 著

花木兰文化事业有限公司

国家图书馆出版品预行编目资料

头脑清醒的"局内人"——索尔·贝娄文学创作的"美国性"
研究（下）/ 张宪军 著 —— 初版 —— 新北市：花木兰文化事业
有限公司，2024〔民 113〕
目 4+144 面；19×26 公分
（比较文学与世界文学研究丛书 三编 第 9 册）
ISBN 978-626-344-808-7（精装）
1.CST：贝娄（Bellow, Saul）2.CST：作家 3.CST：文学评论
4.CST：比较研究 5.CST：美国
810.8   113009367

ISBN-978-626-344-808-7

比较文学与世界文学研究丛书
三编 第九册   ISBN：978-626-344-808-7

头脑清醒的"局内人"
——索尔·贝娄文学创作的"美国性"研究（下）

作　　者 张宪军
主　　编 曹顺庆
企　　划 四川大学双一流学科暨比较文学研究基地
总 编 辑 杜洁祥
副总编辑 杨嘉乐
编辑主任 许郁翎
编　　辑 潘玟静、蔡正宣　美术编辑 陈逸婷
出　　版 花木兰文化事业有限公司
发 行 人 高小娟
联络地址 台湾 235 新北市中和区中安街七二号十三楼
　　　　　电话：02-2923-1455 / 传真：02-2923-1452
网　　址 http://www.huamulan.tw 信箱 service@huamulans.com
印　　刷 普罗文化出版广告事业
初　　版 2024 年 9 月
定　　价 三编 26 册（精装）新台币 70,000 元

头脑清醒的"局内人"
——索尔·贝娄文学创作的"美国性"研究（下）

张宪军 著

目

次

第 4 章　70-80 年代：民主的反讽

　　历史是虚构要素与事实要素的混杂，是一种诸多要素难以达成妥协的混杂，因此，历史学家有可能说谎，正如他们有可能述说真理一样，由于解释的角度的不同，就会产生不同的结论，索尔·贝娄向来不是一个"政治正确"的思想家和作家，所以他往往会在主流历史话语之外发现不同的声音，对其进行颠覆或解构。

　　民主是人类社会进步和政治文明的重要体现，美国社会对外向来是以标榜自己的民主而著称，美国民主是世界上最早独立完成建立的民主制度之一，并且形成了"信仰、宪法、平等、关爱"这几个典型的价值体系。然而在现代社会中，美国"不是要创造一个'更为高尚的人生'，他们追求的是稳定的经济繁荣、中等的生活条件、个人自由的保障，以及大致的公正，也就是一种体面的精神麻木状态"[1]，在这种状态下，美国民主的价值体系遭到严重破坏，它对国内的种族贫富差距视而不见，听而不闻，对于要打破这种现状的行为反而予以打击和压制，为的是维持社会表面上的和谐。民主政府是以最大限度保障公民的自由与权利为前提的，然而当今的美国政府机关以公平正义为名行破坏公民权利之实，所以在 60 年代初期赫索格就认识到"民主政治不过是虚幻"。作为一个一心捍卫美国文化的犹太人，1970 年 6 月底，在以色列特拉维夫美国文化中心举行的研讨会上，索尔·贝娄在他的讲话中谈到了美国正在发生的巨大变化，同时为这个国家的民主自由受到污染而感到担忧，所以，在二十世纪七八十年代美国仍然处在冷战和社会矛盾严重时期，经济发展进入滞

1　马修斯·鲁戴恩：《索尔·贝洛采访记》，郭廉彰译，北京：《国外文学》，1988 年第 3 期，第 215 页。

胀状态，反战运动和美国海外军事行动并行时，索尔·贝娄却异乎寻常地将目光投向了似乎无关大局的美国"民主"上面。

芝加哥学派社会学家汤姆士认为，人们从事社会学研究的最初动机不应是出于改造现有社会或者维护现存道德，而应是发自于"敏感的好奇心"和"理解人类行为的欲望"。所以在观察美国社会中存在的深层危机时，他将着重点放在人格方面的东西上，特别是放在寻求理性化和效率的努力与追求个人幸福的努力之间的紧张状态和冲突上，而这两种努力的冲突正是美国社会始终标榜的自由主义所产生的悖论。索尔·贝娄终其一生都保持着敏感的好奇心，他的作品中的人物也是如此，他们往往具有独特的人格，对美国这个以民主自诩的社会产生了好奇心，并且在社会批评和寻找爱情的过程中体验到了所谓民主的滋味。

4.1 社会批评：被压制的声音

美国思想是什么？对于所有的美国民众来说，美国思想就是"自由、平等、正义、民主、富裕"。作为一名学者和新闻工作者，阿尔伯特·科尔德为《哈珀氏》写的那些文章的意图，就在于防止美国思想被彻底击碎为尘屑，希望"民主得以胜利，文明获得生存"[2]，他要打破社会的封闭，引起疗救的注意，结果他这个理想的捍卫者却受到了来自社会各方面的打击，弄得遍体鳞伤。

在 1982 年出版的《院长的十二月》中，索尔·贝娄在《洪堡的礼物》之后继续发掘着知识分子的精神不适应症候这个主题。与前者相似的是，小说同样采用了双城记的方式，只是《洪堡的礼物》中的两个城市都在国内，故事主要是在美国的第一大城市纽约和第二大城市芝加哥之间展开的，而这部作品的主人公则跨出了国门。在与《洪堡的礼物》相比较后，休·肯纳认为这部小说是低级的索尔·贝娄作品，因为读者所期待的贝娄作品特有的活力被主人公过多的沉思默想淹没了[3]，乔纳森·拉班则认为它是一部充满热情和沉思推论的作品，既华丽宏伟又呆滞无趣[4]，其实他们都没有真正理解索尔·贝娄，他曾说过"我在写这本书的时候并没有想到自己是在写'小说'，与其说我在考

---

2 宋兆霖主编：《索尔·贝娄全集》（第 7 卷），石家庄：河北教育出版社，2002 年版，第 244 页。

3 Hugh Kenner, *From Lower Bellovia*. Harper's, February, 1982, pp.62-65.

4 Jonathan Raban, *The Stargazer and His Sermon*. London Sunday Times, March, 1982, p.41.

虑处理一种文学形式，倒不如说我是在考虑处理人的一种思想。"[5]索尔·贝娄像歌德等伟大作家一样，把自己作品写成了一种意识经历，而不仅仅是一种主题的陈述。从这个意义上来说，索尔·贝娄恰恰写出了当代西方精神的极致，是表现美国精神主题的精品之作。索尔·贝娄关于知识分子的作品大都充满了沉思默想如《赫索格》《赛姆勒先生的行星》等，《洪堡的礼物》之所以显得有活力，是因为作品是在前后两个主人公之间展开故事的，其持续时间长达近四十年，作品中的回忆远远大于单纯的思想，而《院长的十二月》同前述两部作品一样故事发生的时间不长，其间有回忆的内容，更多的则是科尔德对这个社会的思考，作为一个学者型作家，索尔·贝娄擅长观察社会并对它进行思考，作品中回忆的内容和描写当下的内容构成了其历史的维度，而思考的内容则构成了其社会学的维度。这种思考不仅形成了索尔·贝娄作品的特色，也有利于推动人们进行社会改革。

　　故事伊始，在芝加哥某高等学院担任院长的阿尔伯特·科尔德携妻子天体物理学家米娜来到罗马尼亚首都布加勒斯特，去看望病危住院的岳母，并在其去世后为她处理后事。从 60 年代起，第二次世界大战后形成的十分紧张的罗美关系已经得以缓和，"到 1964 年，两国外交关系由公使级升为大使级关系，从 1969 年到 1978 年，两国高层领导互访频繁，达成了一系列处理两国关系的基本原则，发表了大量的宣言、声明，签订了许多条约。"[6]虽然两种不同社会制度的国家在意识形态方面还存在着严重的分歧，但互相之间的往来已成为可能，就是在这样的情况下，科尔德夫妇才有了他们的布加勒斯特之行。在布加勒斯特的日子里，岳母瓦勒丽娅的境遇使科尔德不断地回想起他在美国的一些遭遇。他把罗马尼亚与美国进行了比较，而这种比较和反思，是通过他岳母的死和一个美国白人学生的死来完成的——此前，他正在揭露一起两个黑人杀害自己学校里的一个白人学生的悲剧事件。但是，令他感到十分意外的是，有人因此认为他是一个种族主义者，对他横加指责，并使他陷身于残酷的校园政治斗争当中。而在罗马尼亚的首都布加勒斯特，他所见所闻的则是东欧的高度集权社会的种种弊病所导致的精神压抑与肉体死亡。但他意识到专制统治下的高压政治给人们带来的恐惧并不能使他感受到美国"民主"生活的优

5　马修斯·鲁戴恩：《索尔·贝娄采访记》，郭廉彰译，北京：《国外文学》，1988 年第 3 期，第 223 页。

6　伊珊：曲阜师范大学硕士论文《从冷战时期的罗美关系浅析罗马尼亚外交特点》，2007 年，第 16 页。

越，虽然地理上远隔重洋，政治制度和意识形态严重对立，可是恐惧、威胁、人身迫害、高压政治和官僚腐败在这两个社会制度截然不同的国家里同样存在。不仅软弱的民主会产生专制、暴力、犯罪和精神上的贫乏，而且在虚假的民主掩饰下的丑恶更不利于社会的良性发展。在一个充满官僚腐败和人身迫害的监狱似的社会主义国家中，有监视、告密、刻板的制度，但同样也发现了人性的光辉；而在民主自由国度美国，物质生活非常丰富的同时，也存在人性的冷漠和扭曲，如光天化日下的吸毒、强奸和抢劫、发生在公共场所、公共汽车座位、候车室地板上的性行为，男人向汽车挡泥板上撒尿，肮脏的金钱勾当等等。"那些政治家们、知名人士和教授们全凭失业率的高低来衡量'现代问题'，他们声称是失业引起无秩序状态、性乱、遗弃子女、抢劫、强奸以及谋杀。坦白地说，他们对这些坏事和罪恶缺乏洞察力，甚至对此视而不见。我在《教长的十二月》里所做的事就是大喝一声：'瞧啊！'，第一步就是陈列事实。"[7]为了捍卫真正的美国思想，为了公平和正义，科尔德扯下了民主的遮羞布，将其不光彩的一面暴露出来，因此，他受到了种种的指责和非难。

科尔德曾经是《芝加哥论坛报》的记者，在第二次世界大战期间曾入伍在法国和德国作战，波茨坦会议召开时，他恰逢其会赶在此地，于是在父亲的一个朋友的帮助下，他采访了这次具有重大历史意义的会议，为《纽约客》杂志撰写了一篇描绘这次会议的精彩文章，二十二岁的他从此一举成名，开启了其新闻工作之坦途。但是在《芝加哥论坛报》工作了二十年后，出于对曾经的学院生活的向往，他放弃了给他带来盛誉的媒体工作，转而到芝加哥的一所学院担任院长。角色的转换并没有使他放弃早已形成的新闻人的特质，面对校园和社会中频发的各种事件和矛盾，凭着新闻人的职业敏感性和社会责任感，他认识到现代大众传媒通过与权力合谋，阻碍了公众对于事实真相的认知，"对灾难性的前景，资产阶级民主永远不会对其感到舒适自在。我们习惯了和平和富足，我们争取一切美好的事物，反对残酷、邪恶、狡诈和丑恶。作为进步的崇拜者，它的从属，我们不愿意考虑邪恶和厌世，我们摈弃可怕的事物——也等于说我们是反哲学的"[8]，"公众对事件的把握不是实践所要求的那种必须把握，"[9]因

7　马修斯·鲁戴恩：《索尔·贝娄采访记》，郭廉彰译，北京：《国外文学》，1988 年第 3 期，第 222 页。

8　宋兆霖主编：《索尔·贝娄全集》（第 7 卷），石家庄：河北教育出版社，2002 年版，第 142 页。

9　宋兆霖主编：《索尔·贝娄全集》（第 7 卷），石家庄：河北教育出版社，2002 年版，

此，这里面有虚假和炫弄，所谓的"现代公众意识"里面没有一点真实的体验，在色彩纷呈的各种事件中，真实体验的形式被讹用了。于是他重新拿起那曾经给千千万万人传递过消息的笔，发出自己务真求实的声音，引领公众排除误解并知晓各种事件的真相，他说：

> 看一看吧！那公众是如何把握事件的，它把握不了那些事件。它已经被剥夺了体验事件的能力……就美国的道德危机而言，第一项要求是，去体验发生的事，去看必须要看的东西。事实掩盖在我们的感觉下面。比过去还严重吗？是的，因为意识在变化，尤其是意识在增长，还有伪意识，而且伴随着一种特有的混乱。理论和话语的增长，它本身就是盲视的新异形式的成因，以及'传播'的虚假反映，导致了大众意识的可怕扭曲。因此道德的第一个行为就是要瓦解现实，补救现实，从垃圾里把它刨出来，像艺术那样让它再现新颜。[10]

科尔德"是一个在'美学'熏陶下成长起来的人，可是他从来也没有找到过与自己这种教养相适应的生活。因为他是在波特莱尔，在从司汤达到普鲁斯特的法国小说家以及乔伊斯等人的教育下成长起来的，这毕竟不仅仅意味着读了一些书本，而且还意味着他已经接受了一种精神上的训练。"[11]作为一个把正义作为基本兴趣思考的人，他努力使自己成为一个观察的道德主义者，以美国方式为西方那些崇高的思想辩言，但长期从事新闻工作养成的素养也使他不会为自己的情感所左右来看待问题，在新闻传播中，真实是新闻的生命，是新闻得以存在的基础，新闻必须反映真实的事实，让事实本身来说话。为了大众不被激进主义者那些时髦的理论话语所蒙蔽或吓倒，科尔德觉得"他自己对事物发展规律的感觉对他有一种强烈的要求，他想如果他牺牲了那种感觉——它的真实性，他就牺牲了自己"[12]，科尔德的记者经历使他始终保持着找出真相的本能，而且，他彻底坚定，相信任何事情都必须被客观的、毫无偏见的对待，"他还是把客观性当一回事的。也许公道一词更准确些。年龄、经历、

第 143 页。

10　宋兆霖主编：《索尔·贝娄全集》（第 7 卷），石家庄：河北教育出版社，2002 年版，第 142 页。

11　马修斯·鲁戴恩：《索尔·贝娄采访记》，郭廉彰译，北京：《国外文学》，1988 年第 3 期，第 223 页。

12　宋兆霖主编：《索尔·贝娄全集》（第 7 卷），石家庄：河北教育出版社，2002 年版，第 292 页。

风雨坎坷不仅使他形体日损,而且养成了他对公平判断的强烈偏好。这不是所谓的无执,也不是消极的客观。他是对客观性(不,公道性)执迷"[13],他不像陀斯妥耶夫斯基在《罪与罚》中同情拉斯柯尔尼科夫那样去同情杀人犯,因为那是书生的东西,那种貌似福音的语言是不现实的。即使种族歧视问题非常严重,黑人作为一个整体在美国社会中是处于弱势的,应该同情他们,但是犯罪就要受到惩罚。在自己学院的白人研究生瑞克·莱斯特被人杀害后,为了给自己学校的学生讨回公道,他展开了调查研究,悬赏让人们提供线索,而取得的各种证据表明,瑞克事实上是死于谋杀,是假释犯卢卡斯·埃布里和妓女瑞基·海因斯这两个黑人将他从三楼的窗户推下去摔死的,于是警察根据人们提供的证据在二十四小时之内逮捕了这两名嫌疑犯。然而他的这一举动捅了马蜂窝,因为美国现在已经不知道如何处理这个黑色的下层阶级了,他们原来一直是在遏制这些下层黑人的,现在却想要在政治上投机取巧,尽量避免激化白人和黑人之间的矛盾,以博得消灭种族歧视的好名声,于是,各方面的人都跳出来反对他,摆好了阵式对付他,他成了众矢之的,被他们强行送上所谓的道德法庭上去审判。

西方国家向来标榜新闻工作是自由职业,新闻记者不受任何政治倾向的影响,是无党无派的,1791 年,美国通过宪法第一修正案,规定国会不得制订任何法律剥夺言论或新闻出版的自由。但在高度垄断的资本主义社会中,新闻工作者真的自由吗?

> 知识分子属于他们的时代,被资讯或媒体工业所具体呈现的大众政治的代表簇拥同行;愈来愈有力的媒体流通着形象、官方叙述、权威说法(不只是媒体,而且是要保持现状的整个思潮),使事情维持于现实上可被接受、批准的范围内,而知识分子只有借着驳斥这些形象、官方叙述、权威说法,借着提供米尔斯所谓揭穿或另类版本,竭尽一己之力尝试诉说真话,才能加以抵抗。[14]

要对抗现状,追求真理,知识分子是孤独的和不被大众、权力机关和媒体所接受的。他因此受到了来自各个方面的攻击和诘难,首先跳出来反对科尔德揭示真相的是他的外甥梅森·扎赫那,因为他和卢卡斯曾经在同一家餐馆里共事,

---

13 宋兆霖主编:《索尔·贝娄全集》(第 7 卷),石家庄:河北教育出版社,2002 年版,第 182 页。

14 爱德华·W·萨义德:《知识分子论》,单德兴译,陆建德校,北京:三联书店,2002 年版,第 25 页。

是所谓的好朋友。现在卢卡斯遇到麻烦了，他毫不犹豫地就去帮助他，他认为科尔德这个官方的知识分子根本不能理解城市中的社会底层群体，提出根本不存在凶手，瑞克是自己从窗口跌落下来的，无论如何，那是他自己的错，如果那天晚上不是他去酒吧找乐子，喝了那么多酒，给自己找麻烦，他就不会把卢卡斯和瑞基领回家中，他的死是属于罪有应得，科尔德只不过是一个死亡之舞的隐秘的刺探者，要想通过观察比他自己更黑暗的生活来从中取乐，"舅舅，你不真实，你脱离了现实"[15]，所以梅森一边持枪在街上威胁想要为此案件作证的人，一边组织科尔德学院里的学生们发起了一场抵抗科尔德的学生运动。受到梅森的煽动后，为了不被别人怀疑自己有种族偏见，那个一直以来被视为经济发展的累赘，落后于其他社会阶层，陷入绝望和犯罪文化中的黑人现在成了被维护者，即使有从直接经验中获取的材料和充分的证据，证明那两个黑人确实应该对瑞克的死亡负责，但是激进的学生们依然认为学院正在进行一场反对黑人的秘密战争，院长正在阴谋策划这场战争的进行，利用学院的力量攻击黑人。学生们对科尔德写的许多东西都持反对观点，召集会议谴责院长揭露社会的黑暗面，还通过了一项决定，"宣称院长是种族主义者，必须向黑人、波多黎各和墨西哥的劳苦大众道歉，因为他把他们描绘得像动物和野人一样。"[16]而科尔德的表兄麦克西律师则别有心计地免费为卢卡斯二人进行辩护。

假如说学生们代表民意的话，学院的教务长阿列克·威特代表的就是官方的态度了。作为有史以来最敏锐的操纵者，在小说中威特是权力的化身和代表，他有着冷静的头脑，圆滑精明，就像所有掌握权力者通常要经历的那样，他在接受过高层的迂回狡狯的训练后成为一名合格的教育官员。他认为科尔德不懂得低调，未经深思熟虑就向美国真实世界的权力发起挑战，揭露暴力犯罪和道德犯罪，得罪市政厅、新闻界、政界和警界，把自己完全敞开是很天真幼稚的，而且天真在当今这个社会中是等同于危险的，最后有可能落得一个粉身碎骨的下场。所以，他虽然表面上对科尔德奉承讨好，但心中却十分憎恶他给学校带来不必要的麻烦。

> 院长令威特非常生气。他那种混乱的高度认真把所有事情都弄糟了。令教务长生气的不止是莱斯特这桩案子，让人恼火的真正原

15　宋兆霖主编：《索尔·贝娄全集》（第 7 卷），石家庄：河北教育出版社，2002 年版，第 95 页。

16　宋兆霖主编：《索尔·贝娄全集》（第 7 卷），石家庄：河北教育出版社，2002 年版，第 182 页。

> 因是他没有得到学院的许可就在杂志上发表了那些文章。不把那些
> 文章呈交上去获得许可这是不符合标准的,前所未闻的,而且是极
> 为危险的——疯狂!科尔德攻击了——还有什么人他没有攻击呢?
> 政客、商人、同行,而且他甚至污蔑了州长。[17]

开始的时候,威特觉得有必要逐步地去引导科尔德,训练和指导他,以确保他能够恰当地解释预算和教育制度原则,但是,

> 院长有某种东西是无法被教育的,一种情感障碍,一个问题,
> 一个事实。人类永恒的问题,在人类任何阶段都面临的问题(科尔
> 德现在看到了它)是不成为一个傻子的问题。这确实可怕。噢,那
> 种压抑,那种对傻子的恐惧。它刺透着你的鼻子,弄瞎你的眼睛,
> 用耻辱把你的心劈开。在威特这个有权力的人看来,科尔德是一个
> 傻子……一个蠢不可及的大傻瓜。[18]

所以,从某些最谨慎的渠道得到暗示后,为了学校免受任何不合理成分的伤害,他就极不光彩地牺牲了科尔德,将院长推进矛盾的旋涡激流中,指责他为了个人的固执使学校的声誉受损,其行为与一个高等学校院长的身份十分不符。

萨义德认为,"知识分子显然是要在最能被听到的地方发表自己的意见,而且能影响正在运行的实际过程,比方说,和平与正义的事业。"[19]以前,科尔德曾经在《哈珀氏》发表了许多揭露性的文章,其中两篇的言辞尤其激烈。这些文章刺激着大众那脆弱的神经,还惹怒了新闻界,让他树敌无数,成为众矢之的,对于他寻找到的"道德积极性"的榜样——卢福斯·瑞德帕斯和托比·温斯罗普,许多人也表露出他们的怀疑:

> 离开芝加哥之前他已经接到了《哈珀氏》的编辑们转来的一批
> 信件。'像洪水一样的信',一个助理写道。自由派认为他反动,保
> 守派说他疯狂。职业城市专家说他太急躁。'在美国城市里事情总是
> 这样,丑恶,可怕。科尔德先生应该读些历史,做做准备。''这位
> 作者是一位知识贵族。知识贵族教我们憎恶城市,于是这些城市变

17 宋兆霖主编:《索尔·贝娄全集》(第 7 卷),石家庄:河北教育出版社,2002 年版,第 200 页。

18 宋兆霖主编:《索尔·贝娄全集》(第 7 卷),石家庄:河北教育出版社,2002 年版,第 200 页。

19 爱德华·W·萨义德:《知识分子论》,单德兴译,陆建德校,北京:三联书店,2002 年版,第 85 页。

得可厌了。''科尔德先生信仰总体精神甚于信仰公共福利。是什么使他相信拯救小黑孩的办法是让他们试读莎士比亚？下一步他就会建议我们教给他们狄摩西尼并用希腊文进行演说了。解决青少年犯罪的方法不在《李尔王》或《麦克白》中。''院长的观点是，我们需要一切道德革命。他惟一的英雄是两个自封的，可能相当可疑的捐助人。''你为你的读者展开了更深的心理层次，给我们提供了看到混乱思想、无政府状态和心理病理学的深渊的机会，你应该受到祝贺。'[20]

误会和攻击来自各个方面，并且言辞激烈，"美国人其实有一种泼脏水的习惯，只是长期以来，他们并没有找到可供他们将脏水肆意泼洒的机会，而现在机会终于来了"[21]，现在他们可以虚伪地以热爱芝加哥这个城市的名义肆无忌惮地对科尔德进行攻击了，但科尔德并不后悔自己的"一次个人冒险"，"科尔德也并不是不知道诸如此类的危险，并非经过十年面壁，走出象牙之塔，面对诸神制造出来的可怕的毁坏显得毫无准备，天真无瑕，弱不禁风。根本不是那回事，他也曾东奔西走，阅读各种报纸，接触犯罪学家、经济学家、社会理论家、城市学家、历史学家，当然也接触哲学家和诗人。"[22]他从不后悔以前的举措，他不让自己后退，要肩抗住黑暗的闸门，放人们到光明的地方去，即使目前大多数人对这种光明还没有认识，甚至排拒光明。

美国从来没有打算在痛苦的标准上采取一个公开的立场，因为它是一个愉快的社会，一个喜欢用盲目乐观的论调和教条式的理论话语来把自己想象为一个温和社会的愉快社会。一个温和自由的社会必须找到温和的方法来使粗暴制度化，并且以进步和轻松和谐地消除它。所以，如果人们无情或杀人，像埃布里和米歇尔那样，是因为他们社会地位低下，或者他们铅中毒，或者他们来自边远地区，或者他们需要心理治疗。总之，另外许多人要为这种解释而成为牺牲品。面对保守的社会主义国家苏联骄傲地宣称他们拥有温暖、人性、领袖人物的魅力和普通公民之间兄弟情谊的夸耀，美国自认为他们拥有公正

---

20 宋兆霖主编：《索尔·贝娄全集》（第 7 卷），石家庄：河北教育出版社，2002 年版，第 208-209 页。

21 莫尼卡·莱温斯基：《莫尼卡的故事——莱温斯基自白录》，杨向斌等译，贵阳：贵州人民出版社，1999 年版，第 8 页。

22 宋兆霖主编：《索尔·贝娄全集》（第 7 卷），石家庄：河北教育出版社，2002 年版，第 183 页。

和个人自由,有着理性的公民,有勇气,有耐心,能够在危机中保持头脑冷静,以一种冷静、稳定的方式保持体面,但这种体面就是需要一部分人成为牺牲品的,"既然大家都已是牺牲品,我们就不会亲眼观察到自己意识的麻木,而且在麻木得沉入一片茫茫的深渊时,浑然不知道自己的沉沦。"[23]科尔德从来也没有想过让自己以受苦难者代言人的身份出现,但他一直在思考美德和邪恶,自愿用自己的灵魂思索芝加哥,得到一大堆可怕的、邪恶的数据,热爱真理与正义的他认为自己应该有这个自由。但是为了维护美国这个民主国家的所谓的体面,

> 新闻媒介似乎觉得骗子和无耻之徒更合他们的口味……在埃布里的案件中,新闻媒介显然把矛头对准了他,而且是连续猛攻……各报都报道了梅森与埃布里的友谊和激进学生的攻击。他们影射科尔德是一个种族主义者,正在执行学院的种族主义政策。[24]

一个对正常的黑人群体实行种族歧视政策的城市,现在为了一个杀人犯空前地团结在一起,责难科尔德在这个问题上为什么不让人感受到"诗的力量"——无视芝加哥黑人社会的无秩序和崩溃的悲惨状态,对这个存在于芝加哥城市里的"封闭社会"听之任之,而是要打破人们的幻境,把芝加哥现实生活中存在的邪恶、背叛、野蛮和性施虐暴露在公众的面前,让他们置于痛苦之中。这些人心目中有一个"无权的权威",他们在理解自身和周围世界的过程中,那种上层阶级宣传的所谓"国家利益至上""美国的体面至上"的思想已经使他们关于"民主""自由"的观念发生了异化,当他们用这种异化的眼光来看待科尔德的言行时,他们就会认为他的言行是对美国"民主"社会的践踏,所以攻击起他来也就丝毫不留情面了。

如果说其他人是从权力、个人友谊或者误解的角度对科尔德进行了攻击的话,杜威·斯潘格勒这个曾与科尔德一同在芝加哥长大的旧时好友,有过共同新闻从业经历的人,在他撰写的对科尔德进行采访的专栏文章《双城记》中,他以知情人的身份,似是而非的语言,用新闻话语彻底解构了科尔德的形象。杜威·斯潘格勒最初嫉妒科尔德报道波茨坦会议的成功,因而增强了自己的战

---

23 宋兆霖主编:《索尔·贝娄全集》(第 7 卷),石家庄:河北教育出版社,2002 年版,第 159 页。

24 宋兆霖主编:《索尔·贝娄全集》(第 7 卷),石家庄:河北教育出版社,2002 年版,第 74 页。

斗性，不久就在新闻传播事业上发迹了。当科尔德退出新闻界转入高校时，他自以为是地认为科尔德是被自己的强大所击败，放手不干了，从此自己就没有了竞争对手，可以大胆放心地在新闻界搅风搅雨了。当科尔德在《哈帕氏》上发表了那两篇文章惹得众怒时，他极度兴奋，认为科尔德是在疯狂地自我残害，自寻死路。杜威由于熟悉舆论的操作规律，善于为权力机构涂脂抹粉，所以才能够在传媒界混得风声水起，他与许多名人政要都关系密切，拥有成千上万的读者，被誉为"制造舆论的辛迪加大亨"。但在科尔德看来，他的文章中充满着陈词滥调，"杜威的报纸文章永远不会使他惊奇，杜威式的句子开个头，他科尔德闭着眼睛也能接着写下去，"[25]杜威不仅对社会上存在的丑恶现象视而不见，而且还巧言令色地歪曲事实，以此来吸引眼球、引起社会的轰动，"这位加入报业辛迪加的专栏作家在传播搏动在文明世界的紧张脉搏方面是一个不可小瞧的波节，使这世界颤抖，使它饱尝含糊其词的话语，在它的结构上铺上一层花哨辞藻，在里面塞上一些焦虑，"[26]这就是他经常使用的伎俩。现在他驾轻就熟地把这种伎俩用在了科尔德身上，把科尔德与自己的私人谈话也加以曝光，并做出别有用心的评论。

　　不久前，为了使妻子能够探视病中的岳母，科尔德曾请求杜威的帮助，因为他有美国政府的关系，科尔德希望他能联系白宫，通过外交途径解决探视的问题，为此，这两个分别十年之久的人在布加勒斯特重新相聚。正是由于杜威那句"这座椅上只有我和你，我们之间没必要装假"的亲密话语使得两人的谈话不再拘束，他们谈起科尔德在凶杀案一事上惹的麻烦，瓦勒丽娅的病情，科尔德在《哈帕氏》上发表的文章、杜威对罗马尼亚的印象和科尔德当年关于波茨坦会议的第一手新闻报道等。在瓦勒丽娅去世后火化的那一天，两个人又相聚在一起，谈起他们熟悉的芝加哥，杜威问科尔德既然芝加哥已经融入了他的生命中，成为他生命的构成部分，他为什么还要攻击它，揭露它的黑暗而招致众人的不满呢？科尔德认为公众已经被剥夺了体验事件的能力，他们产生的往往是伪意识，所以他有责任有必要去揭开笼罩在道德危机上面掩人耳目的美丽面纱，还原事件的真相并把它呈现出来。这些原本是私人性质的聊天，杜

---

25 宋兆霖主编：《索尔·贝娄全集》（第 7 卷），石家庄：河北教育出版社，2002 年版，第 129 页。

26 宋兆霖主编：《索尔·贝娄全集》（第 7 卷），石家庄：河北教育出版社，2002 年版，第 132 页。

威却未经同意就将它写成了访谈，在这篇文章中，科尔德被描写成一个敏感的、感情丰富的私人观察者，"由于他心地脆弱，所以无法把握世界的变化，处理人类事物发展的新技术、新因素，指导后工业社会的权威机关做出决定的分析图表的全部含义"[27]，因此他不得不退出新闻界转向学术界隐身。这里科尔德被描述成了一个容易为情绪所左右、缺乏理性的人，文章中说科尔德指控传媒强大的力量使人类无法接近涉及道德、感情及丰富想象力的真实生活，"它养育了歇斯底里和误解"[28]，大学教师也同样被舆论和公共意见所左右，没有尽力去引导公众，知识分子无法再在痛苦挣扎的时代描绘民主的本质。在这篇访谈中，杜威将科尔德变成了新闻传媒界的敌人，他还宣称："科尔德院长一定深深地冒犯了他的同事。他们本是在用人道主义文化照耀着美国社会，但是在院长的著作中他们成了失败者和骗子……城市腐烂了，教授们无法阻止这种现象……他们向强大的空虚投降了。并从这种空虚中产生了疯狂的旋风。"[29]"他被一种他的能力无法驾驭的巨大热情冲昏了头脑"，单枪匹马地与学院的象牙塔作战。这里科尔德成了一个感情用事，与同事有着不可调和的矛盾的人，他不再胜任高等学校院长的职务。面对言辞激烈的攻击，科尔德没有倒下，因为他对射来的明枪早有应对的准备，但对杜威以朋友身份射出的暗箭，他却毫无防备地中招了，因为"这些句子可能造成的破坏像其印刷一样清楚……杜威把我搞定了，阿列克·威特现在抓住我了，我自己的嘴给自己定了罪。"[30]别人才不管杜威是不是故意曲解还是移花接木，他们本来就不喜欢科尔德找社会的麻烦，嫌弃他无事生非，现在能够利用杜威营造出的"科尔德形象"把他踩在脚下，他们是乐享其成的，既然杜威给他们提供了便利条件，他们就绝对不会放过这个现成的机会。

在宣传媒介这个保守的"美国企业"和被管理化官僚化的大学共同发力下，自由主义者认为科尔德是一个反动分子，保守主义者认为他是一个疯子，

---

27 宋兆霖主编：《索尔·贝娄全集》（第 7 卷），石家庄：河北教育出版社，2002 年版，第 331 页。

28 宋兆霖主编：《索尔·贝娄全集》（第 7 卷），石家庄：河北教育出版社，2002 年版，第 333 页。

29 宋兆霖主编：《索尔·贝娄全集》（第 7 卷），石家庄：河北教育出版社，2002 年版，第 334 页。

30 宋兆霖主编：《索尔·贝娄全集》（第 7 卷），石家庄：河北教育出版社，2002 年版，第 335 页。

梅森则把他看成是一个坏蛋。舆论用自己的话语霸权成功地把科尔德从院长的位置上赶了下去，他不得不从院长的位子上退了下来，并从他所在的学院辞职。虽然明枪暗箭使他倍受伤害，但他认为自己受伤害程度比他原来预想的要轻得多，经历过挫折的他没有从此一蹶不振，而是变得更加成熟了，他有可能不再写抨击芝加哥的那种言辞激烈的文章了，不过如果有震撼他的事情发生，他仍然不会无动于衷、害怕引起争议。既然打算重操旧业，再次开始记者生涯，他依然不会把自己变得像杜威那样圆滑世故，一颗追求真理的心，一腔捍卫正义的热情将促使他把目光投向脚下的大地，他不会离开明知是正确的、困难的、有原则的立场，而决定不予理睬，而是要为这个城市的繁荣与安宁，为这个国家的自由与民主，为捍卫美国思想而鼓与呼，笔耕不辍。

当然，科尔德在暴露社会真实的时候也并不是一味偏激的指责，他不是要训斥芝加哥的民众、他的学生和同事，而是引导他们正视残酷的现实。他知道，芝加哥的封闭状态和黑人社会内部的混乱导致黑人陷入无可奈何的窘境，这种境地依靠他们自身的力量是难以摆脱，但美国社会好像很乐于维持这种在很大程度上相安无事的状态，任他们自生自灭。必须要有人引领黑人走出生存的困境，必须要有领袖式的人物领导他们迈出第一步，为此，科尔德遍寻芝加哥，找到了他心目中的"芝加哥的道德主动权的代表性人物"——监狱的典狱长瑞德帕斯，以及戒毒中心的负责人温思罗普，他们都曾有过不光彩的经历，特别是后者原来是个杀人犯，一度吸毒成瘾，现在幡然悔悟的他不仅戒了毒，还自费与他人合伙经营着一家戒毒中心，为黑人贫民提供服务。通过他们的经历，科尔德相信，一旦黑人们开始觉醒，社会整体面貌就会有巨大的改观，既然有第一第二个觉醒者，在他们的感召下，很快就会出现第三个第四个，他期待连锁效应的发生。虽然这个民主社会敌视他，他仍然希望这个社会有所改变，这是他努力的方向。

《院长的十二月》本来表现的是对大洋两岸黑暗势力的反抗，但它出版后，一些批评家认为索尔·贝娄在投机取巧，他是在东欧极权主义的对照下美化美国民主，这种观点可谓与作者的出发点正相反。而作者将美国校园与极权主义并置在一起的做法，使得这部作品在美国激起了争论，反对他的人认为索尔·贝娄将美国局势与东欧相比，两者间根本没有可资比较的共同点，如果他说罗马尼亚的极权主义是美国存在的问题的答案的话，那他就是在伪造某种东西，在歪曲事实，所以作者本人也像他作品的主人公那样将自己置身于"美国普遍充满敌意的目光中"[31]。至于是否歪曲了事实，读一下索尔·贝娄的作品就可以明白了。科尔德的好奇心促使他观察这个社会，他的正义感则使他对这个社会提出批评，然而他对社会落后现象的批评和他坚持惩治凶犯的行动却在民主社会中阻力重重。

4.2 假花[32]：不识庐山真面目

情爱意味着人与人的接近、趋近、融为一体，是一种美的追求。爱是有创造力的，它能够创造生命，与大自然的生机一样，它是人类的生机，"人要过上好日子，关键是靠情爱来引导自己的一生。爱情会给爱人以勇气，爱情会令人产生荣誉感，会激发人身上的美好品德，"[33]但在美国现代社会中，这种属于生本能的具有神圣性的爱不仅有时成了单纯的性冲动，而且有时还能变成了摧毁人的邪恶欲望。

4.2.1 民主社会的婚姻：爱的缺失与爱的堕落

爱情领域是人们最为关注、投入精力最大的领域之一，马克思（Karl Heinrich Marx, 1818-1883）曾经说过，人类的两性关系是衡量这个社会文化修养水平的尺度。虽然人类的性欲冲动是永久活动的，是属于人类的生理本能，但是，人们的爱情，一定要反映人的本质的深度，因而不能忽略社会关系。只是在现代西方社会中，已经很难见到这种反映人的本质深度的爱情了，

> 不仅是因为许多劳动形式已经不允许人们持有一种爱的态度，而且还因为在一个以生产和消费为最高准则的社会，只有那些不甘心同流合污者才能做出有效的抵抗。……我们的社会越来越被工业官僚阶层和职业政治家所控制。人们被社会影响所左右，他们的目的是尽可能多地生产和尽可能多地消费，并把这作为自我目标。一切活动都从属于经济目标，手段变成了目标。人变成了物，成为自动机器：一个个营养充足，穿戴讲究，但对自己人性的发展和人所

---

31 贝娄 1981 年 12 月初致约翰·奇弗信中的话。

32 在《更多的人死于心碎》中，植物学家曾被其岳母房间中的一棵假花所吸引，误以为那是真的，将其当作逃避虚假婚姻的精神寄托，但最终发现真相。这里用来指代美国民主的虚假。

33 汪民安：《论爱欲》，南京：南京大学出版社，2022 年版，第 15 页。

承担的任务却缺乏真正的和深刻的关注。[34]

当然了，人们在口头上都讲求感情，但是实际上恰恰相反，每个人熟悉的是感情的缺乏而不是感情的存在，人们缺少爱的时候比充满爱的时候多，所以对心中的空虚感早就习以为常了，爱情成了两个人之间的凑合，两性关系成了物质的交换或刺激的游戏，这是因为私利是资本主义道德的核心。

索尔·贝娄的《更多的人死于心碎》被人称为是"一个悲叹——对所有人来说"[35]，他要探讨的是整个社会中爱的缺失和爱的堕落。小说中，大学教授贝恩·克拉德出生于贫民区的移民家庭中，从小便树立了做一番非凡的事业的远大理想，长大后成为一个成就斐然的植物形态学家，沉浸在植物脱氧症、植物关节炎和植物羽翼的研究中，他博览群书，观察力强，与植物之间有着神奇的沟通能力，能够与植物进行交流、透视植物，甚至对植物的情绪和感情，他都有灵犀相通的感应。从一定意义上说贝恩·克拉德掌握了智慧与生命、真理与生活之间的有机联系，是生活在"永恒世界"的人，而且他感情丰富，极其渴望理想的爱情，即使专心研究极地的细小植物也不会影响到他对社会的关注。但是，就是像他这样一个极具理性、十分聪明的人，在自己的婚姻中却像一个白痴一样，因为看不清女人的真实面目而被玛蒂尔达一家人所利用，当爱情与名利、金钱纠缠在一起后，他身不由己地陷入了庸俗的世俗纷争和烦扰之中，从而使其理想破灭，精神家园几近荒芜，最后不得不借研究苔藓的名义逃离到北极。

在东方遭受贫困折磨的时候，西方正在遭受着欲望的折磨。现代美国社会中，人们每每被欲望、渴求、急需、贪婪等等所包围，其中最为突出的则是性欲与物欲。贝恩·克拉德在第一次婚姻失败以后，开始同不少女人打交道，以获取新鲜的情感，填补空虚的心灵。他向往的是一种浪漫的、纯正的爱情，这种爱情是以创造性为基础的，是爱和体贴的组合体，在这种纯洁的爱情中，爱与被爱的双方自我都会得到充分的发展，超越个人独自的生活而找到共同和谐，这种爱是双方在保持个人的完善性和个性条件下的结合，是人类的积极的力量，这种爱可以使一个人的世界更加丰富，也会刺激他的生命力。这种爱既能给双方带来幸福感又要求双方保持道德心。但现实中两性关系非常混乱，"不管人们遇上什么麻烦，大家总是在性爱中寻求补救。无论经商受挫，事

---

34 艾·弗洛姆：《爱的艺术》，李健鸣译，北京：商务印书馆，1987 年版，第 92 页。
35 Susan Crosland, *Bellow's Real Gift*. Sunday Times, Oct. 18, 1978, p.57.

业失败或性情烦闷，身体不适，甚至形而上学等等，人们都把性爱作为止痛药。"[36] "连我们总统的夫人、子女、兄弟和其他亲戚或助手都是酒鬼、吸毒者、同性恋、说谎者和精神变态"[37]，这种普遍流行的性爱与贝恩·克拉德心目中的纯正爱情恰恰相反，它是 60 年代美国性解放运动造成的恶果，是社会的毒药，在性欲这种有力的生物刺激因素消失后，没有爱情的精神力量则会使男女之间的感情冷淡。爱把本能和精神美、理性与非理性结合在一起。随着文明的发展和提高，这种欲求的生命力不断的升华。但丧失理智的、绝对非理性的爱却会使人失去人性。其实，人们没有意识现代社会中的爱已经不再是爱，而仅仅是以堕落为本能的、盲目的、放纵的、野蛮的兽性发作，但许多人却沉迷于其中而不能自拔。贝恩·克拉德楼上的单身女房客戴勒·贝岱尔就是这样一个人，与酒鬼丈夫离婚后过着独身生活，在大公司担任人事部经理的她平日里工作紧张，只有周末或某些晚上才让自己轻松一下。有一天晚上，她找到贝恩，让他帮忙换一下厨房屋顶上的电灯泡。当贝恩到她家中之后，她却要求与他做爱，本打算拒绝的贝恩一时心软满足了她的要求。此后，贝岱尔就一直盼望贝恩再主动去按响她家的门铃，但她的希望落空了，贝恩一直躲避着她。不得已，她放弃矜持主动地来找贝恩，贝恩只好假装不在家。如此几次之后，她在他的信箱留书一封："你假装自己不在家。可我怎么活下去哪！我的性生活该如何处置？"[38]贝岱尔渴望性欲的满足，贝恩·克拉德却不想再做荒唐的事，以免陷入动物性的肉欲中而堕落下去，于是，他逃往巴西去做植物形态学的讲座。但是在他走后，贝岱尔被按捺不住的欲望窒息，突发心脏病去世，这让贝恩十分于心不忍。

确实，"在性欲的快感中（或者人们在这方面准备将就的某种快感）同时也包含着许多痛苦。纯自然的份额越大，其中所孕育的地狱成分就越多。"[39]为了避免这种纯自然的性欲，过了十五年独身生活的克拉德决定结婚了，结婚

36 宋兆霖主编：《索尔·贝娄全集》（第 8 卷），石家庄：河北教育出版社，2002 年版，第 92-93 页。

37 索尔·贝娄：《更多的人死于心碎》，李宗耀译，北京：中国文联出版公司，1992年版，第 30 页。

38 宋兆霖主编：《索尔·贝娄全集》（第 8 卷），石家庄：河北教育出版社，2002 年版，第 92 页。

39 宋兆霖主编：《索尔·贝娄全集》（第 8 卷），石家庄：河北教育出版社，2002 年版，第 96 页。

的对象就是年轻貌美的富家千金玛蒂尔达，她有着风信子般的紫色的头发和古典的面庞，像一个完美的艺术品一样。爱美是人类的天性，凡属人类，大都喜爱美丽的异性。在选择恋爱的对象时，会把美当作最重要的一个条件来考虑。肉体上的吸引是令人心醉神迷的，遇到玛蒂尔达后，贝恩·克拉德欣喜若狂，以为找到了自己理想的配偶，对她倾注了全部的情感，他"对爱情表现出一种格外的坚毅"，他"在内心的神龛中他对永久的亲密无间一直保持着幻想，即对爱情和善良的憧憬。不过他却在最奇怪的地方去寻找这些东西"，因为巴尔扎克（Honoré. de Balzac, 1799-1850）曾经告诫过世人："有钱人的独生女是世界上最危险的配偶"[40]，对此，贝恩·克拉德置若罔闻，这是因为爱情是不问原由，不计利害的，而且是常常不顾一切的，它的神秘和自发性就是它的魅力所产生的后果。

　　造成男女爱情心理相同或差异的，既有生物性的缘由，更有社会、文化、历史性的原因。一般情况下，受到同样教育、发展水平相同的人们更容易相互产生吸引力，玛蒂尔达的研究生身份就容易使身为高级知识分子的克拉德对她产生好感，好感会使一个人乐意承认另一个人的价值，它就成为爱的要素。因为有了感情，对其恋爱对象的态度中的认知因素就往往带有主观性。一般说来，人类的爱情意识不单表现在预想、认识和按一定目的调整自己的行动上，还表现在他（她）富于幻想和殷切地期望获得个人的幸福，克拉德就是沉浸在这种幸福的幻想中，才为自己营构了一个理想的幻象。同时，相爱的男女之间的关系也开始变成了审美关系，渐渐地，意中人的形象成了美的源泉。无论在哪种情况下，对所期望的形体及精神形象的知觉，都往往是被对方的美吸引的过程。实际上，玛蒂尔达本身长相就很美。康德认为，女性在容貌清秀，线条柔和优美，其面部表现出来的友好、和蔼比男性更强烈、动人以外，女性的心灵结构本身具有以美作为主要标志的特性，这是她们与男性不同的独特而又明显的特征。爱情创造了美，爱情使人对美的感受能力敏锐起来，促进了恋爱中的人对对方的艺术化认识。但是，爱情的认识内容应该是对某个人的深刻认识和了解，而不是对他（她）的单纯的知觉。同样作为高校学者的赫索格曾总结说，所有的女性在结婚以前都是他所憧憬的艺术的化身，结婚以后却都成了自己的生活导师，指导他如何介入实际生活。克拉德对玛蒂尔达一开始就是一

---

40 宋兆霖主编：《索尔·贝娄全集》（第 8 卷），石家庄：河北教育出版社，2002 年版，第 5 页。

种直觉，一种艺术化的认识，虽然别人也曾劝说他，别跟她结婚，她并不是你心爱的女人，但他那双醉心于科学的大眼睛已经完全被自己蒙蔽起来，一意孤行，婚后才发现自己早就陷入了一个阴谋当中，成为玛蒂尔达一家人"达到某种生存目的的钥匙"。

爱情是双方的相互合作，无条件的相互扶持，既有爱的接受，同时也有爱的付出，既是奉献，也是索取，唯有献出，方能去爱，唯有索取，方能确证爱情。但克拉德没有意识到，在现代美国社会中，

> 爱情这玩意儿终于遭到了人们的唾弃。大家不再愿意与它有干系，对它失去了信任。很长一段时间以来，世界向年轻女子们许下爱的诺言，如'一切都将十分完满'。这是欺人之谈——是偏离。对于严肃的男人，他们也会反思：对于讲究实惠的人来说，爱情之所以被认为是正当的，是因为它给人带来商品：鞋子、衣服、提包、珠宝、皮毛和各种时髦的东西。此外还有精神病学，这里面的钱可多着哪，一应俱全，唯独没有爱情可言。[41]

在 60 年代，安吉拉虽然受性解放思潮的冲击，把爱欲当作快乐的源泉，通过正常或逾常的途径去找寻一切可能的释放空间，但她还是希望与自己的男朋友走进婚姻的殿堂里，二人还是有感情的，只是由于两人一时不负责任的性冲动造成了心理隔阂，最终劳燕分飞。但对现在的玛蒂尔达来说，克拉德不过是她的猎物，她挑选丈夫就像在商场里选购商品一样，必须物有所值，工于心计的她之所以看上年岁比她大许多的克拉德，就是考虑到他在学术上的地位和名望，诚如俄国小说家契诃夫所说，在男人身上，智慧和教养最重要，漂亮不漂亮，对他来说倒算不了什么。要是你头脑里没有教养和智慧，那你哪怕是美男子，也还是一钱不值。玛蒂尔达的家庭虽然富裕，但仍没有能力让她涉足上流社会。与克拉德结婚，成为知名学者的夫人，就可以让她挤进上流社会那个圈子里而出尽风头，使自己的虚荣心得以满足。而拉亚蒙医生则在算计他那被维里茨舅舅夺走的财产。

罗素（Bertrand Arthur William Russell, 1872-1970）说过："爱若具有美的成分，必须是柏拉图主义的。"[42]由于爱情在克拉德的心中具有了十分重要的

---

41 宋兆霖主编：《索尔·贝娄全集》（第 8 卷），石家庄：河北教育出版社，2002 年版，第 246 页。

42 罗素：《婚姻革命》，靳建国译，北京：东方出版社，1988 年版，第 47 页。

位置，所以他是以理想主义的眼光去看待他的恋爱对象的，他追求至善至美的爱情，对植物充满好奇心的他也对爱情感到好奇，他认为爱情的实质就是不断地重新发现理想，永远感到情感的饥渴，在接触到美时，感到无法压制的快乐。但这种爱情到底是个什么样子的，他也说不清楚，因此，他的追求往往给人一种虚幻缥缈的感觉。与他相反，玛蒂尔达的目标十分明确，也很实在，并且很容易就实现了。在克拉德心里，即使他一生与植物打交道，躺在大自然的怀抱里，整个植物王国是他的服装——他的外套、上衣，人与人之间的依恋之情仍占着明显的优势。所以，他不可能与植物结婚。当他开始谈起玛蒂尔达时，他已经不再是那个能为自己在科学领域谋得一席之地的人，他简直成了一个庸人，他根据某些具有理想特征的错觉来美化自己的恋人，总想把这些特征的意义夸大，完全抛弃了理性的审视而过高地估计了对方，在头脑中认为自己所爱的对象像高悬九天的明月一样是神圣而高洁的。他通过这种夸大来为自己单纯的愿望辩解，并赋予它崇高的意义，来营构玛蒂尔达的完美形象，以便使自己能够确信自己爱的人是惟一的和不可替代的。这时，他已经根本无法扣上自己选中的外套了。而在嫁给克拉德以后，玛蒂尔达就迅速恢复了本来面目，她找到了休息之所，重新开始其原有的生活方式和特权，"如果她是一个普赛克的话，她在睡梦里拥抱着的爱洛斯[43]不是她的丈夫。另有一个男人么？当然不是。是物，不是人。"[44]

爱情将一个女人与一个男人联结在一起，把他们的各个方面都联结在一起。一个人只要爱上了某个人，就要承担、尊重这种友谊，并把它看作最大的幸福，应该珍惜它。其中必然会无法避免地出现一个人对另一个人的承诺而使他（她）的自由意志遭到限制。人一旦体验到真正的爱情，他就会表现出巨大的道德力量和自我牺牲的精神。但是，婚后的克拉德并没有感受到幸福，虽然他娶的是一个漂亮女人，受过高等教育，有文化，有魅力，可以在社交场合给自己增光添彩，但他得到却不是真正的爱情，而是俗不可耐的物质生活，要穿定制的西服，受拉亚蒙一家人意志的摆布，陪着玛蒂尔达进行各种无聊的交际应酬，以致使自己钟爱的植物学研究事业中断。对于原来的他来说，植物学才

---

43 在古希腊神话中，爱洛斯是一个爱神，它是大自然的原始力量之一，也是众神之主宙斯的儿子，它代表创造性与和谐。后来的传说则把他视为阿佛洛狄特（爱与美的女神）和阿瑞斯（战神）的儿子，他具有诱使神与人相爱的无限威力。

44 宋兆霖主编：《索尔·贝娄全集》（第 8 卷），石家庄：河北教育出版社，2002 年版，第 158-159 页。

是头等大事，可现在植物学有了对手，那便是女人的性欲，他无法撇下女人不管，他的爱洛斯要部分地离开植物转移到女人身上。为了使她心情好一些，他还得哄着她，迁就她的任性，无所事事地一切围着她转，"他原已十分不快——离开了他自己的生活环境，离开了他的根基，老婆又命令他不要讲话。他坐在餐桌的角落，百般无奈地望着窗外绵延几十英里的城市。"[45]命运仿佛给他开了一个极大的玩笑，原本憎恨虚假爱情的克拉德自己竟然遇上了虚假爱情，玛蒂尔达之所以能够用自己的缺点来烦扰克拉德，是因为他强行征用爱情受到惩罚的结果，毕竟爱情这种灵魂的力量是不能勉强的。即使是这样，他依然相信凭自己的力量就能战胜这一切，逐步把他的爱情拉回到理想的轨道上来。但是随着对拉亚蒙一家人的进一步了解，渐渐地他失望了，拉亚蒙"要使他认识到美国之伟大[46]所在，成为一个地道的美国人"，原来根据自己的理想来设计生活的克拉德现在已经被生活所设计了，他不得不生活在虚幻中，自己欺骗自己，小心翼翼地而维系着自己的家庭生活，维系着他心目中那个脆弱的信仰。

意识到理想中的婚姻已经变成一场可怕的骗局之后，克拉德把目光聚集在岳母工作室里摆放的一株杜鹃上，这株可望不可即的杜鹃花常常使他的精神能够振作一下。当他被乱糟糟的家事闹得焦头烂额时，他就和杜鹃花接触交流，企图回到他的植物世界中去，但是后来却发现它是一朵人造的丝质假花，他已经在不知不觉中丧失了对植物，对自然的直觉，在自己最擅长的领域受到欺骗。然而克拉德的迁就非但没有得到拉亚蒙一家人的同情，而且还使得他们更加变本加厉起来，在继承了姑妈的房子之后，玛蒂尔达立即逼迫克拉德从维里茨舅舅那里要钱装修房子，以便她能过上高级知识分子阔太太才能享受到的奢华生活，这使克拉德认识到，"人们显得更加可笑，他们寻求各种欲望的满足，他们在世界上活着就是为了这种满足，或者为了满足各种欲望而赚钱；或者证明你有本事用他人的钱来满足一己的欲望。"[47]虽然维里茨当年通过不光彩的手段夺取了本该克拉德继承的大部分遗产，但他如今已经年老体衰、生

---

45 宋兆霖主编：《索尔·贝娄全集》（第 8 卷），石家庄：河北教育出版社，2002 年版，第 162 页。

46 这个伟大的美国指不管人们有多疯狂，他们对金钱却始终有着清醒的头脑。从对上帝的信仰转变为对金钱的信仰，即是伟大的美国社会的本质所在。

47 宋兆霖主编：《索尔·贝娄全集》（第 8 卷），石家庄：河北教育出版社，2002 年版，第 113 页

命危在旦夕。为了维护自己的婚姻和对玛蒂尔达的爱，克拉德无奈地选择了和舅舅打官司，但在案件审理的过程中，维里茨因心脏病发作提前去世了。对亲情的背叛让善良的克拉德背上了沉重的精神包袱，伤心之下，他不仅感叹："人人都有各自的麻烦，诸如关节炎、自尊心受挫、心灵创伤、受到不公正待遇等等，但最难对付的莫过于爱情。为什么人一定要恋爱？爱情既然最伤人心，处处可见它的伤痕，人又何必犹豫不决，舍不得一刀两断，及早退出来呢？"[48]

在小说中，主人公的外甥肯尼思，也就是贝恩·克拉德爱情梦想破灭的见证者，曾经提出一个具有人文性质的"转折点计划"，它实现的前提是要解决精神启示性问题，思想的群众性滞后问题，令人振奋的宇宙观变革问题，人类新的发展方向问题。显然，他认为现代美国人如果能解决好以上几个问题，就可以经过重要的人生"转折点"，达到内心世界与外部世界和谐统一的理想境地。肯尼思将其计划的实现寄托在自己的舅舅也就是执意要为精神世界的丰富和发展做出贡献的贝恩·克拉德身上，视其人格力量为他的"转折点计划"所要达到的理想状态，所以他才千里迢迢地从欧洲赶回来，细心地照顾着这个难得的奇才，一直密切地注意他，保护他，监视他，琢磨他的需要，替他排除现实的和潜在的威胁。但是，贝恩虽然是这个物欲横流的时代中少有的一个地地道道的人文主义者，却也是日益衰落的人文主义文化罕有的遗迹，他同植物进行亲密交流的天赋也无助于他能够很好地处理各种错综复杂的社会关系。因为 80 年代的美国社会是属于技术管理者、传媒大亨、娱乐文化和商业文化巨头们的。在这样的社会现实中，敏感多情，崇尚精神的贝恩·克拉德想要担当起领袖群伦的重任必然会遭到他们的针对和打击，受到极大的伤害。而他瞒着肯尼思同玛蒂尔达结婚则使自己彻底落入了别人早已经处心积虑设置好的圈套中，因此，设想美好的转折点计划还没有开始实施就胎死腹中了。

爱情是生活隐秘领域在美好和高尚、理性和善的观念中的真实体现，是人类的自由表现的形式。虽然"个人无法证实自己心中的动心东西——我是说爱情，对外在世界的渴求，对无法用适当的知识的词语加以表达美的激情。"[49]但是诚如别林斯基所说，爱情需要理性的内容，就像燃烧需要油脂一样。确实，

48　宋兆霖主编：《索尔·贝娄全集》（第 8 卷），石家庄：河北教育出版社，2002 年版，第 4 页。

49　宋兆霖主编：《索尔·贝娄全集》（第 6 卷），石家庄：河北教育出版社，2002 年版，第 458 页。

只有相爱的双方对生活意义和人生目的看法一致才能产生深厚的感情，而美的天然魅力是从大自然中来的，是从人的精神潜力的充分发挥中来的，是从人们经常的社会劳动和活动中来的。人们对爱情对象的选择，不单在生理方面追求并存，还要求两个人在审美、道德和心理上的和谐和自我完善。只有在道德和审美方面，双方都可以逐渐地相互适应，真正的爱情才可能得到发展。相爱双方的一方应力争成为另一方不可缺少的人，应理解并接受他（她）的兴趣和精神世界，在他们的共同生活中，双方共同协调自己的行动，朝着共同的理想努力。只有这样，才能使两个人之间的鸿沟逐渐消失。如果他（她）把物质利益、名望、前程等某些问题置于心灵的要求之上，为了私利而使相互关系中的美付出代价，他们双方之间是不会产生真正的爱情的。克拉德，这个现代社会中的浮士德，在追求爱情、追求美的道路上把自己弄的伤痕累累，就是因为他没有弄明白爱情的产生需要美好的心灵，当他被容貌美丽的玛蒂尔达所吸引，疯狂地爱上她时，他爱的只不过是一个美丽的躯壳，他在潜意识中美化着她的一切，包括她的灵魂。在歌德的诗剧《浮士德》中，从政失败后的浮士德突然异想天开，把对古典美的追求当作人生的目标，他回到古希腊，与美女海伦结合，在理想王国中过着宁静、和谐、纯洁、自由的生活，但他们的儿子欧福良的陨落使得海伦过度伤心，化为虚空而去。诗剧中《美的悲剧》部分证明了用古典美来陶冶现代人，以求实现人道主义理想人格是行不通的。而作为现代浮士德的克拉德企图以外表美来代表真爱同样要遭遇失败，当他从梦境中醒来，意识到美并不等于善时，他已经深深地伤害了自己和亲人。好在他已经明白只有精神的光辉才能使真正的爱情变得明亮起来，所以他下定决心远离玛蒂尔达，飞往偏远的北极做苔藓研究，希望自己像他所研究的苔藓一样，能够"从空气中获取养料"，从而开始崭新的生活。

4.2.2 美国政府机构：为谁辛苦为谁忙

在美国，美好的生活主要是依靠秩序而非道德来维持的，一旦失去秩序就可能失去一切，但是人的贪欲、嫉妒、好逸恶劳的恶性几乎与自私俱生而来，官员也不例外。西方发达国家的民众之所以要把政府的官员当作贼来防，就是因为他们敢于面对人的真实本性，敢于承认社会现实，就是怕政府的官员偷去他们应享有的自由及与人俱生的一切权力。为此，国家为维护其民主与正义而制定和建立起了一系列严密的制度及相应的社会体制，来防范政府官员贪污索贿、腐败堕落，侵害广大民众的政治、经济权益。不过即使是在这样严格的制度下，作为秩序维护者的美国政府机构及其官员仍然要找机会向民众伸出他们的罪恶之手。

前些年，中国国内有部分人对中国的政府称作人民政府表示不理解，甚至有一些知名教授提出要把政府及其机构前面的人民两个字去掉，就叫 XX 省政府、XX 市政府、XX 法院、XX 检察院。其实他们最大的错误就在于不明白有人民这个定语和没有人民这个定语意义截然不同，有这个定语，就表明政府应是为人民服务的，虽然有时候某些地方政府的负责人可能头脑发热，做出一些违背人民意愿的事情，或贪污受贿，做出一些损害人民利益的事情，但这只是个别现象，而且会受到批评和处罚，为人民服务的大方向不会改变。而美国虽然标榜它的政府是宪政民主政府，美国宪法第四条修正案也明确"人民的人身、住宅、文件和财产不受无理搜查和扣押的权利，不得侵犯。"[50]而且，"如果有任何破坏我的公民权利的企图，它就会变成一个丑闻。美国永远不会赞同那样的事。"[51]但是，没有人民这个限定词的民主政府虽然也要为美国公民的利益考虑，却在大多数的时候代表的是资本家和一些财团的利益，从他们的利益出发作出对事物的判断和决定。上行下效，基层的政府机构也视民众的利益为无物，为了某些个人的利益而去践踏其他人的尊严，剥夺他们的权利。

《更多的人死于心碎》中，贝恩·克拉德的正当利益曾多次遭到剥夺，而这些剥夺就是在政府机构配合下进行的，经办的官员翻手为云覆手为雨，将法律和正义玩弄于股掌之间，"不能指望法庭会给我带来合情合理的结果。我们周围的许多力量会使情理失去价值。况且，情理所原有的那种社会基础今天已不复存在。"[52]克拉德的利益第一次受到损害，是被他的舅舅维里茨伙同阿曼多·契尼克法官瓜分走了他的父母留下的本应属于他和姐姐的绝大部分遗产，只给他们留下 30 万美元。在大萧条后的经济复兴时期，维里茨利用负责制定市区发展计划和划分地段的便利，出于善意让克拉德的父母掏钱买下了有利的土地，然而，后来他觉得那块地应该是他的，所以在克拉德的父母去世后，

50 何顺果：《美国历史十五讲》（第二版），北京：北京大学出版社，2015 年版，第 290 页。

51 诺曼·马内阿：《索尔·贝娄访谈录》，邵文实译，北京：中信出版集团，2015 年版，第 76 页。

52 宋兆霖主编：《索尔·贝娄全集》（第 8 卷），石家庄：河北教育出版社，2002 年版，第 243 页。

他就决心夺取这块土地。在一系列的操纵之下，他如愿以偿，并在上面盖起了芝加哥最大的摩天大楼，靠着城市的衰败大发其财。在维里茨的原始积累过程中，契尼克法官和曾经作为陪审团[53]成员的现任州长扮演的都是十分不光彩的角色，成为维里茨的同谋和共犯。然而风水轮流转，现在该着维里茨倒霉了，从克拉德和玛蒂尔达交往伊始，拉亚蒙就打起了好主意："如果你想与这个迷人的，出身名门的女子同床共寝的话，你得弄到足够的钱，出得起这个价才行。凑巧，本城最值钱的地产五年前还属你所有。后来你上了人家的当。我们觉得你可以被锻炼的更加完美，所以才出了这个主意。"[54]这样，结婚后玛蒂尔达在父亲的怂恿下，坚持让克拉德与自己的舅舅交涉，要回当年被他用阴谋夺取的金钱，为此，拉亚蒙将当年经办此事的法官契尼克和伊利诺伊州的州长都拉拢到自己的阵营里，名义上是帮克拉德讨回应得的钱财，实际上完全是出于自己的私心，想把这笔钱财据为己有，所以，肯尼思提醒他道："你妻子不该逼迫你。维里茨的确榨了你的钱，但他交来的钱，如果他果真肯交出来的话，也一样到不了你手里。"[55]

如果坚持正义和职业道德，契尼克当初就不会帮助维里茨强取豪夺，这里面关涉到利益，使他成为维里茨的代言人，而不是按照法律原则进行公正的判决。现在他和州长被拉亚蒙拉拢同样与正义无关，就像当年他践踏克拉德的尊严一样，今天的他们又打着维护法律正义的名义去践踏维里茨的尊严了，而熟知内情并洞悉一切的维里茨虽然心中不甘，却也明白自己已经成为他们手中待宰的肥羊了，无可逃避的命运使他将不得不与自己的外甥对簿公堂，打一场注定要输的官司，无奈之中，他匆匆地坐上驶往国外的快艇，不料心脏病猝发而丧生。他躲过了失去金钱的结局，却付出生命的代价。在这件事情上，契尼克和州长等人始终都在扮演着正直奉公的角色，但人们对他们暗地里的交易是心知肚明的。

政府官员践踏民主的事情不仅发生在克拉德本人身上，而且也发生在社会的许多方面。在丹娜·加帕斯强奸案的听证会上，州长一个人大权独揽，官

---

53 美国宪法第七条修正案中规定：在习惯法的诉讼中，其争执价额超过 20 元，由陪审团审判的权利应受到保护。

54 宋兆霖主编：《索尔·贝娄全集》（第 8 卷），石家庄：河北教育出版社，2002 年版，第 191 页。

55 宋兆霖主编：《索尔·贝娄全集》（第 8 卷），石家庄：河北教育出版社，2002 年版，第 291 页。

腔十足地戏耍着那些案犯，在庄严的法庭上，忏悔、权威、惩罚却都遭到了无情的讽刺，正义、真理被公然践踏，所以，案件不会得到公正的判决。在美国，宪政的根本作用在于防止政府权力的滥用，维护公民普遍的自由和权利，但实际情况却往往相反，所以，别相信政府官员是怎么说的，看看他们的行动吧。

贝恩·克拉德曾经说过，"当人们决定把自己的智慧运用到任何特殊领域时，他们往往走得太远了，最后便成了一种地狱。"他追求爱情的旅程亦复如此，不仅玛蒂尔达父女，而且契尼克和州长等人也充满了心机，充满了算计，他们的言行充分印证了但丁所说的"道德常常能弥补智慧的缺陷，然而，智慧永远填补不了道德的空白"[56]这一真理。克拉德这个追求理想之爱的精神圣杯骑士，在美国的民主社会中却像堂吉诃德与风车作战一样，面对的是不可撼动的庞然大物，不可避免地要败下阵来，因为他虽然理解了爱的本质，却没有理解美国社会的本质，在这个社会里不乏的是性而非爱，爱已经堕落成了肉欲和金钱的代名词了，他一个人要对阵两方面的敌人，就有些力有不逮，所以他成了失败者。"这中间似乎有一种巨大的力量在推动事态的发展，而这种推动力又通过夺走个人生活中的价值，将我们置身于一个空翻的目的之中而越演越烈。它要求人们抛弃爱情、艺术之类的东西。"[57]

本章小结：无论是科尔德还是贝恩·克拉德，都是美国社会中的精神卫道士，他们的好奇心促使他们去了解社会，感受美国民主社会的一切事物。虽然他们一个是要唤醒民众，为整个社会风气的改变而斗争，一个是个人婚姻追求，想要得到真正的爱情，但是在所谓的民主社会里，他们都成了失败者。因为这个社会根本不需要真正的民主，只要繁盛掩盖住混乱无序，表面上是和谐的，就不需要人们去改变，一旦揭破这表面的繁荣与和谐的假象，你就成了社会的敌人，所以好奇心是美国民主社会的敌人，同样，这个社会里也不需要真爱。摆脱不了欲望和金钱诱惑的不只是普通人，政府部门也不能免俗，所以，民主遮羞布下面是赤裸裸的交易。在现代美国社会中，寻求理性化和效率与追求个人幸福是相冲突的，整个社会本身就是一朵人造的假花，无论如何打扮，都不会有真正的生机，在这种民主状态下，是不需要那些具有独特人格且爱刨根究底的人的。

---

56 转引自王守国、张体义：《老子的智慧》，郑州：海燕出版社，2015 年版，第 117 页。

57 宋兆霖主编：《索尔·贝娄全集》（第 8 卷），石家庄：河北教育出版社，2002 年版，第 339 页。

第 5 章　美国后现代：生命个体的不断游移

　　芝加哥社会学派为了保持其研究的实效性和客观性，倡导使用生活史、人物自传、个案研究、私人日记、往来信件、非标准性访谈和介入观察等一系列定性研究路径。借鉴芝加哥学派社会调查方法中的田野调查的实地性和现场性，为显示其反映生活的客观和直接性，索尔·贝娄在从事创作时多使用了第一人称，作品仿佛是主人公的自述传，在作品中作者一声不吭地保持沉默，让虚构的文学形象自己去安排自己的命运，或叙述自己的故事，见证故事的发展。对于《拉维尔斯坦》这部作品来说，"他的中西部叙述者是齐克，老齐克，一个谦逊的作家，有着贝娄自己熟悉的、困惑的、信任的、极具欺骗性的声音，一半对我们说话，一半自言自语。"[1]学界认为它有多重性主题，这些观点主要集中在索尔·贝娄"犹太性"的转变、作品的叙事手法、后现代社会中知识分子的生存危机和犹太裔身份等方面。但在它出版的当年，研究者更多地将其作品的主人公看作是索尔·贝娄的好朋友艾伦·布鲁姆，认为小说是为布鲁姆写的传记，目的在于描写两者之间的友谊，表现出这一观点的代表性文章[2]国外有潘内洛普·菲兹杰拉德（Penelope Fitzgerald, 1916-2000）的《当我是个昏昏入睡的老基佬时》（*When I Am Old and Gay And Full of Sleep*）："我一开始说这本书是关于疾病的，但我发现它实际上是关于友谊的。"[3]乔纳森·亚德利

1　Penelope Fitzgerald, *When I Am Old and Gay And Full of Sleep*. London: Spectator, Vol.284, April 2000, p.43.

2　这种观点在这些文章中有所反映，但并不代表所有这些文章的作者都认同这一观点，有的明确表示这种认识是错误的。

3　Penelope Fitzgerald, *When I Am Old and Gay And Full of Sleep*. London: Spectator, Vol.284, April 2000, p.44.

（Jonathan Yardley）的《贝娄的礼物》（*Bellow's Gift*）："到目前为止，所有对当代美国文学感兴趣的人都知道，索尔·贝娄的最新小说是由一位幸存者扮演的友谊编年史，这位编年史家就像贝娄一样，就像他在芝加哥大学社会思想委员会的同事艾伦·布鲁姆一样，"[4]乔纳森·利瓦伊（Jonathan Levi）的《席间漫谈》（*Tabletalk*）（*Los Angeles Times Book Review*, April 23, 2000），克里斯托弗·希钦斯（Christopher Hitchens）的《书呆子的怂恿》（*The Egg-Head's Egg-On*）（*London Review of Books*, April 27, 2000），路易斯·梅南德（Louis Menand）的《布鲁姆的礼物》（*Bloom's Gift*）（*New York Review of Books*, May 25, 2000），亚当·菲尔德曼（Adam Feldman）的《布鲁姆的灵魂伴侣》（*Soulmate in Bloom*）中提到："自出版以来，这本书受到了很多关注，其中很多关注都集中在索尔·贝娄揭露艾伦·布鲁姆是同性恋这一事实上。"[5]虽然索尔·贝娄曾经说过小说是更高形式的自传，但他从未明确告诉人们，他写的就是布鲁姆。虽然在美国《拉维尔斯坦》在很大程度上被当作"纪实小说"——关于布鲁姆的回忆录，但诚如辛西娅·欧芝克（Cynthia Ozick）所言，

> 当变成小说时，作者的生活就成了无名者的事情。一部小说，即使它是自传性的，也不是一部自传。假如作家本人放出话来说，某某人物实际上是真实生活中的某某人，读者依旧有义务——小说的'入魅义务'——捂住耳朵，充耳不闻……小说是存在于地下的，而非显露在地面上的。或者，正如道家所言：道可道，非常道……原物虽逝，其幻影，即那强大的奇异之存在，却于世长存。[6]

亚当·菲利普斯（Adam Phillips）就宣称："与其说《拉维尔斯坦》是一部传记，无宁说它是一部关于传记的小说"[7]。作为读者，我们不能耽迷于传播于大众间的流言蜚语或者主要文学报刊所推动的简单化的偏好之中。索尔·贝娄之所以说小说是更高形式的自传，不过是强调它对社会的实效性和客观性，为的是充分发挥文学的介入作用。

　　美国后现代时期大约兴起于二十世纪 80 年代，在 90 年代达到其繁盛阶段，它以高度富裕的经济生活为基础，以成熟的电子信息技术为前提，以社会

4　Jonathan Yardley, *Bellow's Gift*. Washington: The World Post Book 30, Vol. 15, Aug 2000, p.219.
5　Adam Feldman, *Soulmate in Bloom*. Harvard Gay & Lesbian Review 7, Fall 2000, p.46.
6　诺曼·马内阿：《索尔·贝娄访谈录》，邵文实译，北京：中信出版集团，2015 年版，第 3 页。
7　Adam Phillips, *Bellow and Ravlstein*. Raritan 20, Fall 2000, pp.1-10.

生活高度商品化为标志，在大众闲暇不断增加的情况下，整个社会运转起来以满足大众的消费欲望，但由于解构主义哲学的大肆流行，对美国后现代社会产生了深刻的影响，人们解构一切，包括人自身，从而造成了生命个体的不断游移，形成多面性的个人，《拉维尔斯坦》的主人公拉维尔斯坦教授的生命就处于不断游移中。芝加哥社会学派中许多人不只是关注美国现代社会现实"是什么"的问题，他们更关注这个社会"应该如何"即社会发展方向的问题，在他们看来，社会学学术研究的实际作用，就是探求一个社会"应该如何"发展的知识，并将这些知识当作一种未来社会发展的指南应用到美国社会中去，因此，芝加哥社会学派也把社会心理学的研究看作是他们工作中重要一翼。与之相应，在盛行对理性本身予以反动的现代美国社会，在思想的空场中，索尔·贝娄的作品中则用反省、回忆和意识流推动着故事情节的进展，而这些反省、回忆和意识流中占很大比重的是作品中人物对社会的思考、对现实生活的看法。通过对拉维尔斯坦的人生剖析，索尔·贝娄想要引起人们的重视，使人们思考在后现代社会应如何更好地把握自身的问题。

5.1 后现代及其特征

根据后现代主义的理论家的观点，从上世纪 60 年代开始，随着科技的革命和经济的繁荣，资本主义社会高度发展，西方社会开始进入一种"后工业社会"，并将这一发展阶段在文化形态上称为"后现代社会"[8]，指出后现代主义呈现出与文化和政治上的激进主义以及极端享乐主义相关联的几个主要特征，如学生的叛逆、反文化、吸食大麻与摇头丸、性解放等，色情电影与书籍大行其道，血腥、暴力场景愈演愈烈。通俗文化终于走进了解放、享乐以及性的时代。它没有创新和真正的果敢，只满足于民主化享乐主义的逻辑。但六七十年代国际社会东西方两大阵营的冷战状态尚未结束，彻底摆脱了饥饿威胁的西方民众仍处于战争阴云的笼罩之下，所以从严格意义上来讲，虽然在思想上和艺术上已经显露出后现代主义的曙光，"既定的秩序本身就从根本上瓦解了现实的意义。在此一个中心议题是真正的'先锋派'就是发达的资本主义扫除所有传统的痕迹、正统的思想体系、现实的稳恒形态，以刺激更高水平消费

8　例如吉尔·利波维茨基在《空虚年代》一书中就认为二十世纪 60 年代后，西方社会就从消费与享乐主义走向了后现代社会（参见吉尔·利波维茨基：《空虚年代》，倪复生译，沈阳：万卷出版公司，2022 蒿班，第 101-116 页的内容）。

的内在需求。"[9]反理性主义、犬儒主义和快乐主义盛行一时，理性日益丧失其合法性，但在整体社会生活上后现代时期还姗姗来迟。

> 60 年代当后现代文化还处于襁褓之中时，它是激进的和批判的，建立了一个少数派的地位。……到了 70 年代，这些传统变得强大，也发生了变化。后现代主义被创篡为多种倾向的一个名词，该运动也变得更为保守、理性和学究气。60 年代的众多主人公，……当他们被吸引入艺术市场或商业活动后，一起失去了他们的批评作用。到 80 年代情况又有了变化。后现代主义最终为从业界、学术界以及整个社会所接受。[10]

所以，从八十年代起，美国和西方国家才开始真正步入后现代社会，这一时期，摆脱了滞胀的美国经济迅速恢复并以更快的速度增长，社会财富大大增加，为社会消费奠定了基础，科学技术的进步大大节约了生产力，使公民闲暇时间愈来愈多。随着社会生产商品化程度的不断提高，资本逻辑、商品法则严格地控制了美国的经济生活，并渗透到人们的日常生活尤其是文化生活中。对此，索尔·贝娄曾经写道，"每个人都知道，现代小说中人物的地位比以前小了，这种下降与那些重视生存的人息息相关。我不认为人类的感觉能力或行动能力真的会下降，也不认为人类的素质已经退化。我更倾向于认为，人们之所以显得渺小，是因为社会变得如此庞大。"[11]

在后现代时期，社会的经济重心由产品制造业转向了商业服务业，灵活而个性的消费需求成为生产的风向标，消费的符号游戏充斥着美国人的生活，消费活动已经丧失其本真意义，从原来的主要追求其使用价值到现在主要追求其符号价值，变成了一种对身份与地位的追逐，消费品则化身为个人的身份与地位的象征物。对此，鲍德里亚（又译为博希亚德）在《消费社会》一书中概括道：

> 在我们的时代，消费控制着生活的所有方面，………这一总体……状态代表了'消费的'进化之完美阶段——从纯粹而简单的

9 杰拉尔德·格拉夫：《自我作对的文学》，陈慧、徐秋红译，石家庄：河北人民出版社，2004 年版，第 10 页。

10 C·詹克斯：《什么是后现代主义》，李大夏译，天津：天津科学技术出版社，1988 年版，第 4 页。

11 Penelope Fitzgerald, *When I Am Old and Gay And Full of Sleep*. London: Spectator, Vol.284, April 2000, p.43.

　　财富，到又互相联系的客体所构成的系统，到对人的行为和时间的
　　全面控制，而最后再到以百货商店、购物中心的现代机场为特色的
　　未来主义城市，无不表明这一阶段的来临。[12]

在这种消费社会里，一种由不断增长的物、服务和物质财富所形成的惊人的消费现象构成了人类自然环境中的一种根本变化，商品的堆积、丰盛，造就了消费社会的特殊景观。而且消费社会创造了许多的消费手段与消费场所——购物中心、超级市场、网络购物、刷卡消费等使消费变得无以复加的简单。

　　在后现代时期，消费成为一切归类的基础，成为社会组织化的原则，过去时代那些神奇缥缈的神话都已经消失，一切的英雄崇拜、祖先崇拜神灵崇拜，统统都汇集为商品崇拜，消费自身成了独一无二的神话，成为当代社会关于自身的一种言说，是后现代社会进行自我表达的一种方式。消费在日常话语和知识话语的狂轰乱炸中获得大众的自省，进而成为一种常识，一种惯例。由于极度的生产，消费主义生成了一种据为己有的大众意识，永远获得最好的商品，将世界上最引人注目的时俗享受据为己有。这种消费不再像过去那样是僵化、整齐划一和强制性的，而是弹性、可操作、诱惑性的，感官刺激和愉悦成为主流的价值观。庞大的消费主义刺激着人们的消费欲望，使一种丧失了简朴的精神生活状态成为当代物质过剩中的精神贫乏常态，出现了"心理贫困化"。人们的消费对象也不再限于日常生活用品，知识、职业、权力、艺术甚至时间、空间、环境和身体都成为了消费的对象，消费逻辑的个性化也达到极至，"所谓景观就是指商品已经占领了社会生活的全部。与商品的联系不单是显著的，且除了它再也看不到其他任何东西：人们所能看到的世界就是商品的世界。"[13]人们早已忘记了康德的教诲，如果我们像动物一样，听从欲望，逃避痛苦，我们就成了欲望和冲动的奴隶。在后现代社会中，精神自由被放逐，"享乐道德"观念盛行，商品的消费逻辑无处不在，它支配着整个文化、性欲、人际关系，直至身体的幻象和冲动，人们通过消费来实现自己，在后现代，通俗文化终于走进了解放、享乐和性的时代。

　　美国学者伊哈布·哈桑认为后现代主义是反形式的，无规矩的或反创造的。在后现代时期，先锋派已经失去了呼风唤雨的能力，大众成为了社会的主

---

12 Jean Baudrilland, The Consumer Society: Myths and Structures.London: Sage, p.29.

13 斯蒂芬·贝斯特，道格拉斯·科尔纳：《后现代转向》，陈刚等译，南京：南京大学出版社，2002 年版，第 102 页。

导阶层,他们的意志代替了少数精英分子的崇高理想和忧患意识,大众文化成了社会文化生活的主流形态。而后现代社会的不确定性、开放性和多元性使得生活在其中的个体显示出灵活多变的(不确定的)身份认同特征,"元叙事"的死亡使得人们从现代性的噩梦以及它的操控理性和对总体性的崇拜中苏醒过来,进入后现代浅表层松散的多元化中,并且,更多时间里,

> 作为一个争取支配权的运动,后现代主义背离其价值多样性的主张;它拒斥其它的观点,常把它们当作过时的和保守东西加以抛弃。它创造了一个场域,在其中论述常常都很夸张并自我指涉,参与者为他们的激进主义或者'造反运动'弹冠相庆,对思想的判断则根据其与这个世界的意识形态变化趋势之一致而不是它们投射任何光芒于外在实在的能力。讨论后现代主义是很困难的,因为它并不是一套论断。它是一种态度,其中心点是对所有论断的怀疑——以及与之相联系的是努力不作任何断言,或至少,从不承认它们。[14]

在后现代时期,由于无法指向一个稳定的、界定明确的中心,所以后现代世界充满了"不确定性"和"内在性",不确定性主要代表中心消失和本体论消失,内在性则代表使人类心灵适应所有现实本身的倾向。

> 在后现代这个个性化社会中,对于人们来说,最重要的是自我,因此个人无论做什么都可以被采纳,都可以获得社会认可,没有什么是应当的、必须的和一程不变的,各种层面上的各种各样的选择是可以共存的,相互之间既无抵触也无消长……后现代文化与其他的个性化举措共同成为扩充个人主义的一个媒介;选择多样化了,参照标识模糊了,现代性独有的理念与高尚的价值观也被消磨了,[15]

因此,后现代社会是一个反对固定划一的个性化的进程,个性化进程一方面是适当的或可行的,另一方面则是野蛮的或现行的,它通过确定和利用个体的特异性来摆脱原来纪律型社会的束缚。美国社会和生活于其间的人已经一反原来的固定性而变得碎片化了,不仅整体世界不再是关联一致的统一体,生命个体也成为不断游移的存在,从"自我的丧失",经过"酒神式本我"和"分裂

---

14 斯蒂芬·贝斯特,道格拉斯·科尔纳:《后现代转向》,陈刚等译,南京:南京大学出版社,2002 年版,第 25-26 页

15 吉尔·利波维茨基:《空虚时代》,倪复生译,沈阳:万卷出版公司,2022 年版,第 7 页。

的自我"到"变幻无常的人"的"解构的自我"，他们在性别认同、宗教信仰与性取向、理性思想判断等诸多问题上表现出异质的、不稳定的性格特征，沉溺在消解精神、反主流姿态和渎神的狂欢之中，人们崇尚享乐，尊重差异，推崇自由惬意的生活，赞扬幽默、真诚等品质，提倡心理主义和自由表达，离析成为一个怪诞的拼凑物，一个多晶型的组合体、一个漂移的不稳定的自我，其形象与变迁同时也受到消费的波及。

5.2 拉维尔斯坦：矛盾和自我分裂的迷宫

一般来说，知识分子是有着比较高的文化水平，主要以创造、积累、传播、管理及应用科学文化知识为职业的脑力劳动者。但是如果明确对知识分子做出界定又是很不容易的。美国社会学家刘易斯·A·科塞（Lewis A. Coser, 1913-2003）在其著作《理念人》的开篇就指出："很少现代术语有像'知识分子'这个术语如此含糊不清。一提及它就好像会引起在含义和评价这两方面的争论。"因此，有些学者倾向于把那些所有受过大学教育的人都集中在"知识分子"名下，或者把所有那些"创造、传播和应用文化（包括艺术、科学和宗教）的人"都视为知识分子。按照这些人的看法，美国知识分子大抵可以划分为以下四种类型：一是不属于某一机构、不靠薪水过活的独立知识分子；二是高等学校和研究机构从事教学与研究的知识分子；三是不局限于狭隘专业问题而从事创造性研究的科学知识分子；四是在联邦政府部门作为公务员或特别官员为国家服务的知识分子。

虽然科塞给美国的知识分子划分了类型，但并非所有这些人都是他心目中的理想的"知识分子"。在他看来，"知识分子"特指这些人中的富有理念者，也即具有批评性、创造性和深思型思想的人，他们"为思想、而非靠思想生活"，在其行为中表现出对社会核心价值的深切关怀：

> 不是所有学术界的人或所有专业人员都是知识分子，对这个事实有人遗憾，也有人赞许。理智（intellect，'知识分子'一词的词根。——译注）有别于艺术和科学所需要的智力（intelligence），其前提是一种摆脱眼前经验的能力，一种走出当前实际事务的欲望，一种献身于超越专业或本职工作的整个价值的精神。……知识分子是为理念而生的人，不是靠理念吃饭的人。……知识分子是理念的守护

者和意识形态的源头，但是与中世纪的教士或近代的政治宣传家和
狂热分子不同，他们还倾向于培养一种批判态度，对于他们的时代
和环境所公认的观念和假设，他们经常加以审查，他们是'另有想
法'的人，是精神太平生活中的捣乱分子。[16]

这里，科塞阐明了知识分子与专家的区别，将其中具有某种行动和思想者才视
为知识分子。

在法国思想家米歇尔·福柯（Michel Foucault, 1926-1984）看来，个体是
一种历史效果，不是一种实质，更不是一种构成整体的原子，作为一种个体，
此个体是一种类型。在《拉维尔斯坦》中，索尔·贝娄为我们塑造了艾贝·拉
维尔斯坦这种类型的美国后现代知识分子的形象，描绘出了他在世纪末美国
后现代社会中即清醒又荒唐的充满悖论的生活：

拉维尔斯坦带着酒神的放纵与沉醉和日神的梦想与希冀拥抱生
活：他是博雅的公共知识分子，却行为粗鄙；他颇具追求真理的浮
士德精神，却又有几分梅菲斯特的恶魔品性；在思想上他是新保守
主义者，传统价值的倡导者，崇尚两性间的真正爱情，可在生活上
却是个恣意妄为的出格者，甚至有自己的同性'伴侣'；他崇尚古希
腊留下的文化精品，又狂热地享受着通俗文化；他既选择雅典，又
对耶路撒冷充满敬意；他憎恨自己暴君式的犹太父亲，却在教学和
生活中扮演着'父亲'角色。[17]

显然，拉维尔斯坦是高等学校和研究机构从事教学与研究的知识分子，但他对
社会有清醒的认识，能够以公众为对象，就政治或具有意识形态性质的公共问
题发表意见或建议，却没有为真理而献身的精神，甚至成为在后现代社会中游
刃有余的时代宠儿，因此，他被视为"一个矛盾和自我分裂的迷宫。"[18]

5.2.1 从精神贵族到知本家

知识分子是与世俗之人相比较而存在的，是精神贵族。从一般情况来看，
凡夫俗子更为感兴趣的是物质的利益，个人的晋升，而且可能的话，与世俗的

---

16 刘易斯·科塞著：《理念人——一项社会学的考察》，郭方等译，北京：中央编译
  出版社，2001 年版，第 2-5 页。

17 祝平：《悖论的迷宫——评索尔·贝娄的〈拉维尔斯坦〉》，南京：《当代外国文学》，
  2006 年第 1 期，第 74 页。

18 Philip Roth, *Rereading Saul Bellow, in Shop Talk: A Writer and His Colleagues and
  Their Work.Boston*: Houghton Mifflin Company, 2001, p.147.

权势保持着密切的关系。而真正的知识分子具有不对任何人负责的坚定独立的灵魂，他们是根深蒂固的独立精神的人，在关心社会的同时也参与社会，并责无旁贷地对重大政治、社会问题做出公正的判断，为没有地位或能力发言的人代言，为弱势群体伸张正义，"知识分子是开明之士，是现代文化的代表人物，已成为现代社会一道不变的风景线。"[19]索尔·贝娄在《院长的十二月》中塑造的科尔德就是这类知识分子的典型形象。

而知本家，则是利用自身拥有的高新知识创造财富的成功人士。知本家属于知识型的劳动者，是掌握丰富知识并且拥有创造能力的人。他们不同于以往埋头科学研究的知识分子，虽然他们从事的劳动主要是智力劳动，但他们能够把物质生产和知识生产结合起来，充分利用自己的知识和信息资源，生产出高知识含量和高附加值的产品，并以此谋取较高的利益。

艾贝·拉维尔斯坦出生在美国俄亥俄州的代顿市，由于痛恨自己的父亲，所以他从十五岁读大学起就基本上断绝了与家庭的联系，师从著名学者费利克斯·达瓦教授，"埋首于人类生活的两个极端——宗教和政治"[20]，毕业后通过自身的不懈努力，在一所较小的大学工作了二十年后，他以正教授的身份回到了母校从事政治哲学的教学，被他所教导的年轻人视为知识界的乔丹，在历史方面，尤其是道德史和政治理论史方面学识广博。他的教学"带着你从遥远的古代到启蒙运动，然后——经由洛克、孟德斯鸠和卢梭，直至尼采、海德格尔——再到现在，法人公司的、高科技的美国，它的文化和娱乐，它的出版，它的教育制度，它的智囊团，和它的政治。他生动地描绘了这种大众民主和它的典型的——可悲的——人类产品"[21]。他既不是一个装腔作势的演讲者，也不是鼓动革命或反叛的校园狂人，而是一个知识的拥有者和整合者，思想的生成者与传播者，很多学生为他睿智的深邃的思想所吸引，听他上课和演讲的人总是把教室挤得满满的。他希望学生思考的是，在这个现代民主社会中怎样满足心灵需要的问题。但是，后现代时期人们典型的思想特征是"小心避开绝对价值、坚实的认识论基础、总体的政治眼光、关于历史的宏大理论和封闭的思想概念体系。它是怀疑论的，开放的，相对主义的和多元论的，赞美分裂而不

19 杰弗里·C·戈德法布：《"民主"社会中的知识分子》，杨信彰、周恒译，沈阳：辽宁教育出版社，2002 年版，第 33 页。

20 索尔·贝娄：《拉维尔斯坦》，胡晓苏译，南京：译林出版社，2004 年版，第 171 页。

21 索尔·贝娄：《拉维尔斯坦》，胡晓苏译，南京：译林出版社，2004 年版，第 19 页。

是协调，破坏而不是整体，异质而不是单一。它把自我看作是多面的，流动的，临时和没有任何实质性整一。"[22]即使拉维尔斯坦也不例外，这个关心着永恒价值，以深刻的思想研究而成就其学术地位的人，工资拿的却不称心，在现实生活中处于窘境，为了摆脱入不敷出、在贫困中挣扎的精神贵族的地位，他接受了齐克的建议，写了一本攻击相对论、美国的教育制度和美国日益下降的国际地位与影响的书，畅销一时，卖出了一百万册，使他一举成名。

后现代社会中，文化已经商品化，而商品又已经消费化，文化只有变成商品进入市场，才能被炒作被关注。而且在后现代社会中媚俗成为时代审美的时尚，消费逻辑取代了学术研究的传统崇高地位，媚俗的作品成为人们身份和地位的矫情的符码。"由于大家都想让大学在社会上扮演积极的或'正面的'参与角色，这使它淹没在了社会'问题'的逆流之中。全神贯注于健康、性、种族和战争问题的学术界名利双收，大学成了社会的概念仓库，常常起着有害的作用。针对通识教育提出的任何改革都是难以想象的，"[23]拉维尔斯坦的著作挑战权威，揭发了美国教育系统的失败，他们的历史进化论的空洞，以及教育界极易受欧洲虚无主义的影响，其著作的大为流行招致了他大学教授同事们的敌意。拉维尔斯坦越过那些教授和学术界，直接对广大公众说话，结果有无数人等着他签名。虽然他的朋友和学生中有些人认为书中他的见解被通俗化了或者说被降价出售了，但他不在乎，因为他懂得这些通俗化了的知识不再是以思想的权威性来压服学术界诸人，而是以其趣味性和通俗易懂的魅力吸引着学院派以外的超越国界的众多普通读者，能够为他带来丰厚的收入，使他过上优越的生活，而他也成了利用自身拥有的思想和见解创造金钱价值的知本家，成为知识经济时代的佼佼者。他的成功是由于在后现代社会，文化和工业产品以及商品已经是紧密地结合在一起，后现代主义阶段的文化已经完全大众化了，高雅与通俗，严肃与普及之间的距离正在消失，商品化不仅意味着文学艺术正在成为商品，甚至思想和理论也变成了商品。作为后现代主义文化商品的理论著作已经从过去那种特定的"知识圈层"中突破，进入人们的日常生活中，成为消费品，成为生活的附庸。

---

22 特里·伊格尔顿:《后现代主义的幻象》，华明译，北京:商务印书馆，2002年版，第1页。

23 艾伦·布鲁姆:《美国精神的封闭》，战旭英译，南京:译林出版社，2011年版，序第8页。

这部著作的出版，使他成为国际知名的学者，也因此受到各国政治高层的青睐，他也经常抛头露面地现身在各种官方场合中，在国内，他成为罗纳德·里根总统宴请的宾客，在国外，他书中的观点受到欧洲年轻左翼人士的坚决支持，法国许多高校和研究院邀请他去开设关于法国问题的学术讲座，英国首相玛格丽特·撒切尔邀请他到契克斯别墅去度周末。尝到甜头的他甚至考虑签下一个 500 万元的新书合同，虽然由于他的死亡致使其目的未能实现，但他毕竟意识到了知识的经济价值，以及如何才能实现其价值："您必须博学多闻，才能完全抓住错综复杂的新事物，并且评估它的人性价值。"[24]

5.2.2 从追求永恒价值到纵情物质享受

《在后现代转向》一书中，伊哈布·哈桑认为，在后现代社会中，欲望在所有暴力的、五花八门的形式中得到解放。历史上别的时代很有可能荒淫无度，但没有一个时代像当代这样如此敏感地感受到欲望的内在性，也没有一个时代如此全面彻底地把欲望变成思考的对象。人的一生总是要受到各种各样的社会关系制约，人是社会的人，总是生存和活动于各种各样的社会关系当中，并受到一定社会关系的制约。在实际生活当中，人们往往会主动选择自己的人生道路，并通过一定的方式去实现自己的人生目的，以独特的思想和行为赋予这种生活实践以鲜明个性特征。但是，处于社会关系网络中的任何个体的人生意义只能建立在一定的社会关系和社会条件基础之上，并在社会中得以实现。在美国后现代社会中，人们生活在一个富饶的年代，他们经历了冷战和越南战争的阴云，从生存斗争中解放出来的人们已经不想再回忆痛苦的过去，历史意识的消失使他们产生了断裂感。这就使后现代社会中的美国人告别了诸如传统、历史、连续性等方面，消失了自己的个性，而浮上生活的表层，在非历史的当下时间里去纵情享受，日常生活的意义在于其消费性和个体欲望的满足性，消费成了新的社会实现的标志，在后现代社会，命中注定要被加速淘汰的、漂移的、不稳定的自我，其形象与变迁也受到消费的波及，"日常生活提供了这样一种奇怪的混合情况：由舒适和被动性所证明出来的快慰，与有可能成为命运牺牲品的'犹豫的快乐'搅到了一起，"[25]人们都不自觉地沉浸在世俗化的市民化的追求中，他们把享受自己、享受生活当作人生的一种义

---

24 索尔·贝娄：《拉维尔斯坦》，胡晓苏译，南京：译林出版社，2004 年版，第 14 页。

25 波德里亚：《消费社会》，刘成富、全志刚译，南京：南京大学出版社，2000 年版，第 14 页。

务，这是符合后现代消费社会的享乐主义道德观的。

后现代社会中的城市也发生了异化，城市对现代性从生产本位主义的选择与暴富到消费的无限性提供了最好的场所和空间。流通、购买、销售，对财富及物品符码的占有，构成了美国后现代时期的社会语汇和行为编码，超价值的欲望消费除了获得对物质的现实占有的快感外，更主要是获得自我实现和社会尊重的替代性满足。这是因为在消费社会中，商品的价值是以它们所带来的声誉和展现的地位、权利的方式来衡量的，它体现在消费者的时尚、名望、奢华等身份象征上，成为他们社会地位的标识。在消费主义风靡之时，拉维尔斯坦也不能免俗，他在不断的物质消费中实现了自我兴奋、享受、满足的一切可能性。

> 20 世纪 50、60 年代以来，一种崭新的关于道德善恶、人类行为标准的语言开始在西方社会悄然兴盛，诸如自我、潜意识、存在、文化、价值、凯里斯玛……等等语汇已经广泛地见诸于人们的日常语言。这种新语言的思想根基就是所谓相对主义价值论。……而价值相对论者则把'向所有人所有生活方式开放'放在了第一位。他们主张不应蔑视任何人的情感和行为方式。[26]

消费时代不仅废除了清教主义的伦理，它还清算了传统上、惯例上的价值观和生活方式，"相对主义认为在圣多明戈对的东西，到了帕果帕果就错了，因此道德标准不是绝对的。"[27]所以，对后现代社会中的人来说，他们处于短暂—永恒的当下，他们面对的生活，不增也不减，不垢也不净，不善也不恶。在这里，生活没有本质，而在于个人选择，它接受一切判断，也见证一切判断。正是在相对主义思想影响下，拉维尔斯坦感受到人生苦短，不再反对享乐与爱情，反而认为爱情是对人类最大的祝福，一个清心寡欲的人的灵魂是畸形的，被剥夺了美好的东西，会抱憾终身。所以，他一方面推崇古希腊罗马，崇尚雅典式的自由洞见的理性生活，欣赏罗西尼的歌剧，强调心灵的发展，另一方面又追求世俗的物质享受，他对自然界的生活没有什么兴趣，不再关心什么田野、树木、池塘、鲜花和小鸟等等那些浪费时间的东西，同时吸取了巴特尔教授夫妇隐居山林的梭罗式生活的教训，"受过教育的人都犯了同样的错误，认

---

26 艾伦·布鲁姆：《走向封闭的美国精神》，北京：中国社会科学出版社，1994 年版，译序第 3-5 页。

27 索尔·贝娄：《拉维尔斯坦》，胡晓苏译，南京：译林出版社，2004 年版，第 14 页。

为自然和孤独对他们有益。实际上，自然和孤独都是有毒的。"[28]为摆脱自然
与孤独，他把理性融会在非理性之中，积极地投身于热闹的红尘中去，醉心于
阿玛尼西装、路易威登箱包、价值两万美元的手表、古巴雪茄、登喜路配饰、
万宝龙金笔、巴拉卡或拉利克水晶玻璃器皿等名牌产品，这是因为在后现代社
会中，人们在消费商品时注重的不仅仅是商品本身具有的内涵，而且是消费商
品所代表的社会身份符号价值，任何商品化消费都成为消费者社会心理实现
和标示其社会地位、文化品位，区别生活水准高下的文化符码，消费名牌就是
消费文化，因为每一种名牌都以外在于产品的文化虚像遮蔽了实物本身，所以
消费名牌的同时消费者也就获得了个体形象的完满，在获得高档的价值证实
的同时获得了自我宣扬和展示。

在后现代社会中，因为消费品、广告以及媒体等方面的原因，日常生活以
及个体都失去了原来的滞重感，二者被时尚进程以及加速的淘汰进程捆绑在
一起，一个真正的个体因此得以形成，他在被非实体化的同时，实际上也被流
行的、不间断的生活模式所浸染，形成其游移不定的特性。"由于广告，由于
形象文化、无意识以及美学领域完全渗透了资本和资本的逻辑，商品化的形式
在文化、艺术、无意识领域是无处不在的，正是在这个意义上我们处于一个新
的历史阶段，"[29]在一个充分商品化的社会中，消费作为一种完全的理想主义
的实践，是建立在一种餍足匮乏或缺席的基础之上的，所以消费者就不可能有
彻底满足的时候，它既没有限制，也没有终结，而且，后现代社会中的消费冲
动既不受到人们个人心理因素的影响，也不是出于彼此之间的争强好胜，而是
社会整体的一种自然而然的状态，是一种符号游戏，是地位与身份的象征。在
鼓励消费的社会体制中，整个社会都在物质和消费层面上获得沟通，个性化的
享乐主义变得合理，而且不会遭受任何质疑。在这种社会状态下，作为后现代
社会一分子的拉维尔斯坦也成为这个欲壑永不满足的消费大军中的一员，他
既崇拜文化，又追求权力和金钱；既向往柏拉图式的精神美，又追求肉欲的满
足；在虚荣心的刺激下，他不断地尝试新的乐趣和满足，他不会放弃纽约和芝
加哥的一切便利，以及情欲的吸引力。只要一有机会，或任何合理的借口，拉
维尔斯坦便会飞到巴黎去，他怀揣信用卡和支票簿一掷千金，在被视为西方豪

28 索尔·贝娄：《拉维尔斯坦》，胡晓苏译，南京：译林出版社，2004 年版，第 148 页。
29 詹姆逊：《后现代主义与文化理论》，唐小兵译，北京：北京大学出版社，1986 年
　　版，第 62-63 页。

华生活中心的法国巴黎，住在克里戎大酒店的豪华顶层套房里，在卢卡斯—喀尔顿高级餐厅吃着美味佳肴，花费4500美元去购买朗万时装外套，与巴黎社会的上层交往。在他的家中，床上铺的是普翠士亚麻床单和安哥拉毛皮，新的地毯和家具源源不断地送来。他还挥金如土地到处送礼，从眼镜店购买眼镜作为礼物送给齐克，用八万美元买了一辆宝马740汽车送给同性恋伴侣尼基，"金钱对于拉维尔斯坦就像从特快列车尾部平台上撒出来的一样。"[30]在后现代社会中，人们认为极度消费就是简单的日常生活，生活的意义就是疯狂购物，过花天酒地、纸醉金迷的生活，生活的社会功能就在于奢侈的、无度的消费功能。所以，在浪费与炫耀中，拉维尔斯坦把自己的世俗生活过得奢侈至极，这样就既能充分享受到满足生理本能需求所带来的快感，也能享受精神满足带来的荣誉感。

拉维尔斯坦认识到，只有为数不多的人才具有依靠真正的厄洛斯生活的想象力和性格特征，所以他尊敬在性混乱中能够把持住自己的妮哈玛·赫伯斯特，但由于后现代社会的物质性使人们逐渐变成官能性物质性的人，人们生活在"物质的时代"，不断张扬物质生活的合法性而贬低精神存在，使人日益成为"物"。后现代社会中，私生活解放的力度越来越大，表现在自助服务的普及化，时尚的日新月异，原则、角色和章程的模糊化，所以在实际生活中，拉维尔斯坦在享受生活的同时，也紧跟时代潮流成为一个时髦的人，他周旋于各种女性中间，充分享受身体欲望的放纵，身体的满足成为灵魂逃亡的方式，迈克·费瑟斯通（Mike Featherstone, 1946-）曾说，"在消费文化中，人们宣称身体是快乐的载体：它悦人心意而又充满欲望，真真切切的身体越是接近年轻、健康、美丽的、结实的理想化形象，它就具越有交换价值。消费文化容许毫无羞耻感地表现身体"[31]，"由于惟一被解放的是购买的冲动……对身体的崇拜不再与对灵魂的崇拜相矛盾了：它是对灵魂的崇拜及其意识形态功能的继承者。"[32]在后现代，身体的消费是"力比多经济学"的主要内容，因为人的身体中的每一个部件都遵循"快乐原则"和"快感迷信"。此外，他还有娈童癖，找了一个亚洲裔的青年男子尼基做自己的情人，满足他的各种物质要求，花钱打扮他，送他到瑞士日内瓦旅游学校进修学习。或许他是在崇尚年轻，推崇心

30 索尔·贝娄：《拉维尔斯坦》，胡晓苏译，南京：译林出版社，2004年版，第15页。
31 迈克·费瑟斯通：《消费文化中的身体》，《后身体：文化、权力和生命政治学》，
    吉林人民出版社，2003年版，第330-331页。
32 Jean Baudrilland, *The Consumer Society: Myths and Structures*. London: Sage, p.136.

理年龄，想从年轻的尼基身上唤起自己曾经拥有过的青春，以确认自己的个性癖好，但这种画饼充饥的做法终究是无济于事的，快感的过后接踵而至的则是力比多的匮乏和精神的迷惘，他死于艾滋病造成的身体机能衰竭，而尼基则成了他房产的唯一继承人。

5.2.3 后现代社会的自我实现者

首先，作为高级知识分子的拉维尔斯坦不像普通民众一样完全丧失了自我意识和独特个性，他能够完整准确地认清现实，对现实有着更好的洞察力。虽然他喜欢雅典式的生活，把古希腊作为心目中的理想，但面对后现代的自由政治使隐私和自由成为可能的美国和西方文化，他不是按照自己的主观愿望和需要，而是按照现实的本来面目去理解世界，在混乱、不明确、含糊的生活中感到惬意，与现实保持一种融洽的关系，在一个顺向社会化的过程中建构了后现代化社会中的知识分子自我。其次，他能够悦纳自己、他人和周围的世界。他本人是一个教育工作者，大学教授，他教授哲学但从不将自己表现为哲学家，不希望过哲学式的生活，所以他接受自己和他人的优缺点，不会受到罪恶感、羞耻心和焦虑感的影响，因而能够接受事物好的和坏的两个方面，没有抱怨和挑剔。他以游戏的态度去对待生活，"一方面，质疑当代美国的价值和教育体制，另一方面又热衷于抛头露面，出现在各种官方邀约的场合；他并不是一名崇拜自由市场的保守主义者，可他又是利用思想和见解制造出值钱商品的资本主义的天才。"[33]他认为，在现代社会中，孤寂的渴望和难以忍受的分离最终使人一蹶不振。他们需要那个正合适的、那个失去的部分来使他们自己得到完善，既然不能指望在现实中找到他们需要的那一半，就必须接受一个容易相处的替补者。在现实生活中，人们所能期望的最好的东西不是爱情，而是性关系——以波西米亚式出现的资产阶级的解决方法，所以尼基成了他的情人，而齐克只能做知心朋友。在走向死亡的日子里，他和往常一样工作，会见班上的学生，组织研讨会，并且仍然活跃于社交生活，在电视台播放公牛队比赛时在晚上举办派对，还时常带着他喜爱的学生去哈望特德街参加宴会。再次，他的内心生活、思想、行为自然率真。拉维尔斯坦对后现代西方文化有着清醒的认识，所以他才能坦然面对，内心非常自由，行为率真自然，不矫揉造

---

33 索尔·贝娄：《拉维尔斯坦》，胡晓苏译，南京：译林出版社，2004 年版，译序第2 页。

作，也不弄虚作假，忠实于自己，一切发自本性。他很自信地与牛津大学古典文学研究者和历史学家进行辩论。他才华横溢，不拘小节，是人们所说的那种什么都不在乎的人，喜欢把他的长胳膊举到聚集着阳光的光头之上，发出滑稽的叫声。在拉维尔斯坦身上，严肃的先入之见和插科打诨共存，在一些严肃的场合，他能够做到举止得体，彬彬有礼，同样，在出入名流社交场所时，他也可能不修边幅，渴了就直接嘴对瓶口喝可乐，而不是倒在杯中饮用，这让站在一旁的著名诗人托马斯·斯特尔那斯·艾略特（Thomas Stearns Eliot, 1888-1965）看得目瞪口呆，他身穿价值五千美元的高档西装，却"不可避免"地将咖啡溅洒在衣领上，然而"他喜欢无伤大雅的罪行和有失检点的举止"，并认为"始终如一的优良品行是一个非常不好的迹象"[34]，在这个意义上，他又是与社会主流相背离的，所以，拉维尔斯坦虽然在顺向社会化过程中建构自我，但他在这个过程中既有被动的适应的一方面，又有主动调整的一方面。

5.2.4 幕后政治家与精神上的父亲

在美国，拉维尔斯坦培养了三四代的政治哲学研究生，为他们打开了对于"伟大的政治"的眼界，这些人毕业后已经成为历史学家、教师、记者、专家、公务员、智囊团成员。他们中有不少人已经卓有成就，有的在全国性的报刊占据要位，有的在国务院供职，有的在军事学院任教，还有的甚至担任了国家安全顾问的幕僚，而且所有这些人都消息灵通，并且仍然与他保持密切联系，拉维尔斯坦经常从他们那里得到报告，所以他在家中与这些学生通话的时候，一讲就是几个小时，从里面会传来白宫或国防部的内幕消息（当然不包括国家机密），了解到唐宁街或克里姆林宫的动向，而拉维尔斯坦十分高兴自己教过的学生被委派到重要职位上去，在为他们保守秘密的同时，凭借着自己丰富的历史知识和对现代世界秩序的深刻了解，像一个指挥员一样，能够给予自己的学生以指导和建议，有时甚至会影响到美国国家政策的决定，所以齐克和他开玩笑说他在操纵着一个"影子政府"，而拉维尔斯坦也习惯于这种获得内部情报的信息交流，享受着窥探秘密的喜悦。

但是，与其说拉维尔斯坦是从一个老师的角度关心着自己的学生，不如说他更是从一个父亲的角度去爱护着他们。拉维尔斯坦的父亲由于被贬职到代顿市，不平衡的心理造成了他的神经质和歇斯底里，他过分严厉地要求子女，

---

34 索尔·贝娄：《拉维尔斯坦》，胡晓苏译，南京：译林出版社，2004年版，第23页。

经常让少年时期的拉维尔斯坦脱光衣服用皮带猛抽，因为小拉维尔斯坦没有成为优等生荣誉学会的会员，即使得到高分，仍旧耿耿于怀，不管多么出色还是受到责备，从而成为拉维尔斯坦心中的恶魔，所以一旦摆脱了他的控制，拉维尔斯坦就与他断了联系。正是出于对自己父亲的厌恶和有一个好的父亲的渴望，所以拉维尔斯坦将这种意识付诸行动，没有自己的家庭，他就转向自己的学生，他的第一步行动，就是指示刚进来的学生忘掉他们的家庭，在取得他们的信任后，掌握他们的私事信息，针对每一个人和每一种情形进行深入思考，密切观察，把他们分组进行训导和塑造，引导他们抛弃自己父母灌输的思想，走向更高级的生活，而在这些引导中，他的角色正在一点一点地转变为精神上的父亲，一旦学生成为他的心腹，他便开始为他们规划前程，考虑为他们提供生计甚至安排他们的婚姻。他的性伴侣尼基作为被保护人，是被他像个王子一样养着的，在与尼基的关系上，他们是情侣也是父子。在对齐克个人事务的关心上，拉维尔斯坦也远远超出了一个朋友的程度，无论是关于薇拉的流言蜚语的调查，还是对诸多问题的讨论，拉维尔斯坦更像一个父亲关心自己的子女一样试图以自己的方式保护着齐克。这绝非弗洛伊德精神分析学所说的某种情结的爆发，而是一个人的普通人性使然。

5.2.5 寻找精神归宿者

现实生活总是充满着无数的变数，每每会发生人们不可预料的事情，有的是人们渴望看到的，另一些则是人们希望避免的，一些事情是使人感到快乐的，而其他一些则会令人沮丧和失望。在后现代社会变幻不定的繁华掩盖下，人们也感受着孤独和无奈，这是因为后现代社会没有了偶像也没有了禁忌，它对自身也不报什么奢望，人们被无尽的空虚所包围，许多人没有灵魂，却有生命，有生活。人生是一条路，意义在路途中，也在最后。作为一个复杂的、充满悖论的人，拉维尔斯坦可以说在后现代社会中实现了自我，活的不可谓不充实，但他并没有完全摆正灵魂与生活的关系，所以他最后失败了，他虽然时不时地发表自己的高见，似乎能够将一切事情都弄得清清楚楚，明明白白，但是在他生命的最后一段时光里，他感受到了精神的无所归依，对自己的一生似乎有所悔悟，那个生活在美国的语言环境中，遵循基督教传统，曾经沉浸在古希腊、罗马和西方现代哲学思想中的拉维尔斯坦在他生命的最后试图认同自己的犹太人身份，他说，"没有什么比这一宗教遗产的价值更大了"[35]。于是，他给人们开出了一张信仰的药方，"这些日子里，在任何对话中，甚至连提到柏拉图或修昔底德，对他来说都是少有的。现在他一心想着的是《圣经》。他谈论宗教，谈论那个困难的课题，即做一个完全意义上的人，成为人并且除了人什么也不是的课题。"[36]确实，在后现代社会中，没有什么比"神圣的回归"更另人迷惑了，这是与启蒙时代相决裂、与理性和进步相决裂的一种典型的后现代现象。但是，通往雅典的道路没有走好，转向耶路撒冷也未必能成功，犹太人就应该对犹太人历史深感兴趣么？答案显然不存在不是肯定就是否定的绝对对立性选择，可见并非每一个问题都能得到圆满地解决。宗教的吸引力离不开一种自恋性的非实体化，也离不开寻求自我的自主个体，在沉醉在后现代社会的无边享乐后，拉维尔斯坦又能够干些什么呢？"在你等待初生时的黑暗，与其后接纳你的死亡的黑暗，这两者之间的光明间隙里（就是生命的存在时间），你必须尽可能地去理解那个高度发展了的社会现实状态。"[37]对于后现代社会的人来说，

> 最大的迷惑中也依然有一条通向灵魂的幽径。也许它很难被发现，因为在人生的中途，周围已是杂草丛生，其根源便是我们所说的我们的教育。然而，那条幽径一直就在那儿，我们要做的事情就是保持它的畅通，以接近我们内心的最深处——接近我们的内心对一种更高层次的意识的清醒认识。我们借助于它做出最终判断，把一切理出头绪。这种意识有着不受历史噪音和我们当下环境干扰的力量，它的独立性便是人生奋斗的真谛。[38]

生活在社会中的人必定有一个社会化的过程，或顺向、或反向、或平衡。在实现社会化的过程中，处于后现代阶段的拉维尔斯坦就比50年代的西特林高明许多，当时西特林的顺向社会化是被迫的，虽然是自我选择，但也是无可奈何的。而在世纪末期，作为一个高级知识分子、一个大学教授，拉维尔斯坦

---

35 Saul Bellow: *Ravelstein*. NewYork: PenguinBooks, 2000, P.179.

36 索尔·贝娄：《拉维尔斯坦》，胡晓苏译，南京：译林出版社，2004 年版，第 171页。

37 索尔·贝娄：《拉维尔斯坦》，胡晓苏译，南京：译林出版社，2004 年版，译序第4 页。

38 艾伦·布鲁姆：《走向封闭的美国精神》，战旭英译，南京：译林出版社，2011 年版，序第 6-7 页。

自己教授哲学课程却不希望过哲学式的生活，因为他把这个社会看透了，所以他才能既游戏社会又不会使自己受到伤害，他能在传播知识的精神性价值的同时把知识的物质性价值发挥到极至，使自己过着豪华优渥的生活，并受到美英等国总统的接见，成为美国和欧洲知名大学极受欢迎的讲座者。他如鱼得水地游戏着社会，同样社会也戏耍了他，最后他死于艾滋病就是因为他性生活的混乱。

拉维尔斯坦是索尔·贝娄作品中作为主要人物死亡的第二个，他的死不同于《洪堡的礼物》中的主人公洪堡，有悲伤的成分但不构成悲剧性。作为一个高级知识分子，他清醒地知道自己活在当下，追求随心所欲地满足自己的生活有些荒唐，所以他希望向希伯来宗教寻求精神上的解脱，但他又离不开物质享受，他的顺向社会化是他发挥自己主观能动性的结果，奢华的享受使他感到欣慰，对学生的指导和帮助使他体会到了一个知识分子的价值，而疾病造成的伤害又使他为自己惋惜，所以，他在矛盾的心境中走完了自己的人生之路。

拉维尔斯坦的后现代人生，乍看起来好像是一场喜剧，却以悲剧的方式而终场，不得不令人唏嘘。因为后现代消费社会以最大限度地攫取财富为目的，不断地为大众制造新的欲望需要，宣传工具也在鼓噪着消费本身就是幸福生活的现实写照和成功的标志，但却使"幸福自由"本身被消费化了，人们在金钱数量增长的同时不断地感到离具有超越意义的幸福越来越远，因此这种宣传具有极大的诱惑欺骗性。在极度的消费后，拉维尔斯坦却感到了空虚和迷茫，因此引起了困惑。他的人生经历不仅仅反映着美国犹太人的后现代困惑，也代表着所有美国人的后现代困惑，因为在后现代阶段，不管是个体还是集体，整个美国都沉醉于后现代的狂欢中，他们也许意识到了有些什么不妥，可他们并不希望清醒过来，放弃这种欢乐，所以不论是作品中的拉维尔斯坦还是现实中的作者索尔·贝娄给人们铺设的通向耶路撒冷之路未必能够走的通，因为即使是具有高度智慧的哲学家拉维尔斯坦自身都没能到达，所以他给人们描绘的只是一种一厢情愿的幻景。芝加哥社会学派探讨过社会"进步"使世界变得更加舒适的同时，也使世界变得更加复杂化的问题，他们始终秉持实用主义的态度，认为社会学应该接受现行社会的价值观，在实践中对这种信念不提异议，而是要研究社会弊病发生发展的原因，努力去发现疗救社会的手段，贝娄借拉维尔斯坦这个后现代社会中的个体，并通过他的生与死，潜在地反映了后现代的进步以及这种消解性的相对主义的进步对个体乃至对整个社会的损害：

> 由于强调真理的相对性，主张价值、文化的多元化，人与人之间的共同追求和规范所剩无几。社会分崩离析：人与人的分离，信仰的分离，家庭的分离。于是便有了不负责任的婚姻，便有了性解放。如果听任相对主义价值论随意发展，那势必导致人类社会规范的缺失和人类进步和合理目标的虚幻。[39]

至于如何克服这种弊端，既然拉维尔斯坦开的药方或许只能起极小作用甚至不起作用，那么救治美国的社会良方只能靠美国社会中的所有人一起去努力寻找了。

学界一般认为，《拉维尔斯坦》的创作是索尔·贝娄"犹太性"的第三次回归，在这部作品中，索尔·贝娄直接地讨论犹太人的命运、宗教、道德、哲学，认为索尔·贝娄在功成名就，其文坛地位牢固得无法撼动时，就没有必要再对自身的犹太身份进行遮掩，所以充满自信地为犹太人说话。其实这些研究者并没有从《拉维尔斯坦》整部作品出发来看待这个问题，作品中谈及犹太人的命运、大屠杀、宗教和犹太道德等问题是毋庸置疑的，但这是建立在拉维尔斯坦对后现代社会困惑的基础之上的，是他为摆脱后现代困惑时所思所想，如果脱离了美国后现代社会这个时代背景以及拉维尔斯坦具体的生活，这些犹太问题便成了无源之水、无本之木，正如作品中的齐克谈及二战中犹太人被大量屠杀时所说："我是一个犹太人，生活在美国的语言环境中，这种语言环境对于理解那些罪恶的想法是没有多少帮助的。"[40]所以，即便是这些犹太性的思考也是围绕美国后现代社会生活来展开的，是后现代生活中的困惑所引发的，不应该脱离具体的历史语境去空谈"犹太性"，并且，它对解决美国后现代社会问题也起不了多么大的作用。

5.3 消费社会中的审美物化

在后现代社会中，由于实现了享乐追求的民主化，"求新"获得了普遍的认同，艺术审美的价值观与日常生活的价值观呈现出背离之势，拉维尔斯坦感

---

39 祝平：《悖论的迷宫——评索尔·贝娄的〈拉维尔斯坦〉》，南京：《当代外国文学》，2006年第1期，第76页。

40 索尔·贝娄：《拉维尔斯坦》，胡晓苏译，南京：译林出版社，2004年版，第161页。

觉自己活的很潇洒，很惬意，同时又因为这种生活导致了自己走向死亡，并且有时还很苟且，所以，在物质主义胜利的极度狂欢后，迎来的不是天堂般的喜悦，而是对自己价值观念和生活原则的深刻反思。

消费社会凭借丰富的产品、生动的形象和便捷周到的服务，凭借消费所携带的享乐主义以及它创造出来的亲近、诱惑的欣喜愉悦的氛围，给人们营造出了一种快感和美感。后现代社会在创造丰富物质财富满足人基本生存需要的同时，也刺激了人更高层次的激进性需要，"消费"不仅凸现在人们的日常生活中，而且趋向于对物质欲望产生语境的整体性享用。只是在削平思想的深度以后，后现代主义专注的只是符号、文本的字面上的肤浅意义，审美也从偏重于精神性诉求的艺术领域扩展到偏重于物质性满足的日常生活层面。消费社会促生了以"物质审美化与审美物质化"为核心的日常生活美学，它在一定程度上推进了平民话语场和欲望化身体的自觉，但又在消费意识形态的掌控中为新的利益分割、阶级区隔、人的深度物化等提供了隐喻通道，执著其中的人也因此陷入了自恋与恋物的囚笼之中。

一般说来，真正的人生之美也就根植于人们对物质性当下生活世界的创构和超越中，不存在凌空蹈虚的美的世界。马克思认为人的解放是通过人并且为了人而对人的本质的占有；因此，它是人向自身、向社会的即合乎人性的人的复归，这种复归是完全的并且是在以往人类社会发展的全部财富的范围内生成的。这里的财富就含有物质财富和精神财富两个方面。因此，对于后现代社会生活中不断涌现的审美物质化趋向和物质的审美呈现，人们就不能简单地予以抵制、对抗，高明者则是能够从对其完全的沉迷中超拔出来，把物与人融贯在一起，既对物有所改造又有所享受，不能见物不见人。这种体现人的主体性与非主体性契合的方式才是人的美感性存在。正如拉康（Jacques Lacan, 1901-1981）所言，人总要将自己的存在放在他处才能在社会中立足。那些刻意通过物质品牌领取进入他者世界通行证的人往往错将虚幻看作真实，一旦这种幻象随着时间的流逝而被打破或者消失，作为审美主体的人就会生成一种强烈的失落感和迷惘感。将审美物质化无疑是把物带给人的感官愉悦与偏重精神性体验的审美混同起来，这就为人的深度物化提供了快感能指。在后现代社会中，很多人通过消费而形成的审美体验并非自我存在表征，而是依循某个先在模子溶铸而形成的假象。但是，需要引起注意的是，人们受各种习惯、各种社会生活的要求对欲望的尊重并不等于对欲望的遵从，沉醉在物质享受中的人不仅会因自己的无穷无尽的欲望而深感疲累，烦恼且繁忙地处于对自己缺少之物的永不停歇地追逐追求之中，而且会因物致病，失去固有的鲜活感知力，失去对世界上其他事物的美的捕捉。

拉维尔斯坦在物质生活上从捉襟见肘的窘态到满身名牌游走世界各地，经历了巨大的变化，在这个变化过程中他虽然对社会有清醒的认识，不像书呆子一样不懂人情世故，在各种场合应付起来游刃有余，但没能够认识自我，而是在认识社会的过程中迷失了自我，沉迷在物欲的不断满足当中，为人们对他在这方面的出手大方的夸奖而沾沾自喜，不管这夸奖是真心实意还是礼节性的应付，名牌效应和高昂的价格是他对自己的认同，也是他对整体后现代社会潮流的认同，使自己落入了自恋与恋物的囚笼之中而不自觉。拉维尔斯坦的经历是后现代社会中审美物化权力关系控制、干涉和规训人的结果，同时也是他自我选择的结果。存在主义哲学家萨特早就指出面对既有的存在，虽然人的存在先于人的本质，但人的本质是自己的选择行动造成的，个体的人仍然是自由的，他有选择的权利，由于现成的供人选择的价值标准是矛盾而且相对的，人只有不断超越，才能获得自己的本质。因为"计算性思维"占据了后现代世界所有的角落，作为一个哲学家，拉维尔斯坦在取得了所谓的成功后，他自己也进入了时代普遍流行的"计算性思维"——"无思状态"，随波逐流，放弃了哲学家应有的"沉思之思"对根基、本原、道路的思考，丢掉了自己思想中最珍贵的东西，以至于走向了自己生命的终结，直到此时，他才想要把自己曾经放弃的那些再敛拾起来，可惜的是人生留给他再思的时间太短暂了，所以他只好在满心的不甘中离世。

5.4 成也恣仿，败也恣仿

"恣仿"一词源于美国批评家弗雷德里克·詹姆逊（Fredric Jameson, 1934-）《后现代主义与消费社会》一文，后收录于《文化转向》（*The Cultural Turn：Selected Writings on the Postmodern*, 1983-1998），但在胡亚敏等人翻译的中文版中，该词被译为"拼贴"[41]。后现代时期出现的"恣仿"与现代主义时

---

41 在中国社会科学出版社 2000 年出版的《文化转向》一书第 5 页中，胡亚敏翻译如下："拼贴是空洞的戏仿，是失去了幽默感的戏仿；拼贴就是戏仿那些古怪的东西，一种空洞反讽的现代实践，就是韦恩·布斯所说的 18 世纪那种稳重而可笑的反讽。"后来，有许多学者对这一译法表示了不同意见，此处根据潘泽豪的译法。

期的"戏仿"是相对的，它们都涉及"效仿"和"模仿"，指作家在文学作品中对其他风格特别是其在手法和文体上的一种模仿，不过"戏仿"是一种标新立异的模仿，即着眼被模仿物的特质和怪癖，利用它们的独特和怪异之处，制造一种嘲弄原作的模仿。到了后现代社会以后"戏仿"被"恣仿"所遮蔽，"恣仿"虽然像"戏仿"一样是一种特殊或独特风格的模仿，但它是这种模仿的中立实践，没有戏仿的隐秘动机，没有讽刺的冲动，没有笑声，没有那种仍然潜在的认为存在着某种"规范"使得被模仿物显出相当滑稽的感觉。这里我们运用"恣仿"一词并不是指向文学批评或文学创作，而是用来说明拉维尔斯坦在后现代社会的一种生活态度，即他对后现代生活现象不是想要约束自己，而是沉醉在物欲的短暂的快感中，直至丧失自己的无批判性的效仿。

一般来说，消费源于人的需要，而人的需要可以不断被制造出来。后现代社会是一个被商品所包围，并以商品的大规模消费为特征的社会，它不断为大众制造新的欲望需要，而且善于将人们漫无边际的欲望投射到具体的商品消费中，使社会身份同自己所消费的商品结合起来，商品消费构成了欲望满足的对象系统，成为获得身份的商品符码体系和符号信仰的过程。这种消费现象不仅改变着人们的日常生活，改变着人们的衣食住行，而且改变着人们的社会关系和生活方式，改变着人们观照外部世界以及自身的基本态度，"日常生活已经被改造为消费资本主义的延伸，而且人也被改变成消费者或观看者，其中商品化了的意义以及已嵌入符号系统的象征价值、情感价值，都已被内在化为现实的表征。"[42]这种社会经济结构的改变同时推动了社会整体性的文化转变。在《符号的政治经济学批判》中，鲍德里亚曾对传统的政治经济学提出一个著名的公式：交换价值／使用价值＝所指／能指。也就是说，使用价值构成了交换价值的一种意识形态保证，使用价值面前人人平等。在传统的经济模式下，消费就是经济交换价值向使用价值的转化，然而这个过程在后现代消费社会中变成了从经济交换价值向符号交换价值转变的消费行为，同样是"我买故我在"的商品消费逻辑，由于在后现代社会更大程度上摆脱了"有用性"的"工具理性"的约束，在某种程度上则形成了"我买故我不在"的现实。

商品消费的符号价值是同"夸示性消费"有着密切联系的。"夸示性消费"又被称为"炫耀性消费"，指的是富裕的上层有闲阶级通过对物品的超出实用

---

42 蒂姆·爱德华兹：《狂喜还是折磨——购物的当代性质》，转引自罗刚、王中忱主编《消费文化读本》，北京：中国社会科学出版社，2003 年版，第 152 页。

和生存所必需的浪费性、奢侈性和铺张性消费，向他人炫耀和展示自己的金钱财力和社会地位，以及这种社会地位所带来的荣耀、声望和名誉。他们认为"要提高消费者的美誉，就必须进行非必需品的消费。要追求名望，就必须浪费。"[43]这种为了社会地位、名望和荣誉进行的消费就是符号消费，而通过商品彰显社会地位和进行社会区分的功能就是商品的符号价值，一件商品越是能够彰显他的拥有者（或使用者）的社会地位和社会声望，其符号价值就越高。在夸示性消费中，商品的符号价值是超越了使用价值之外的，使用价值是一种形而上学的表达，是对一种有用性的表述，在传统的商品经济中，它被铭刻为主体"需求"的终极性，而在后现代的夸示性消费中，消费主体则不再以"有用性"作为终极追求。我们知道，夸示性消费并非是从后现代社会才开始产生的，它在封建社会和资本主义社会一直存在着，只是这种夸示性消费仅仅局限于王宫贵族和达官显贵等社会上层人物中间，它与普通大众根本无缘，究其原因，在于在那些岁月中，虽然存在着商品消费，但商品生产对于所有社会消费者的广度和深度方面尚不能完全满足，因此夸示性消费就成了少部分人的专利，无涉大众。并且，即使他们进行夸示性消费，不少人还是从使用价值方面去着眼的，即首先考虑这个商品是否具有使用价值，然后再考虑其符号价值，以使用价值为基础达到二者的统一。当社会发展的后现代阶段，社会商品已经达到了极大的丰富，打破了上层阶级对奢侈消费品垄断，符号价值的消费已经构成了后现代社会所有成员之间相互关系的基础和纽带，只要个人经济富裕，虽然身份普通也可以参与到夸示性消费中去，这与消费者原有的身份地位无涉，但在消费的过程中却重新构筑了他的社会地位与声誉，而且这一阶段的夸示性消费与以前有所不同，作为消费主体的消费者首先考虑的不是商品的使用价值，而是其以社会区分为目的的符号价值，所以人们相互竞逐，并不是为了满足他们某种"自然"的需要，而是为了实现商品的符号价值，所以有些浪费也就成为这种消费的必然了，人们追求更多的占有、更多的消费和更多的享受。拉维尔斯坦游走在世界各地，出手阔绰，是他对后现代社会夸饰性消费风尚的一种认同，一种恣仿，因此，一旦脱离了靠从齐克手中借钱度日的窘境之后，他立即投入到这一潮流中去。他是新秩序下的贵族，带着信用卡和支票，翩翩然地花费着自己的金钱，其恣仿行为提高了他的社会地位，满足了他的虚荣心，所

---

43 索尔斯坦·维布伦：《夸示性消费》，转引自罗钢、王中忱主编《消费文化读本》，北京：中国社会科学出版社，2003年版，第32页。

以他认为这一切没有什么不对的地方，一切都是自然而然的、合理的、令人心满意足的，当然，他的娈童癖性的同性恋也被他纳入到了这种夸示性消费的满足之中。

在后现代社会中，"后现代性并不寻求以一个真理替代另一个真理，以一个美的标准替代另一个标准，以一个生活的理想替代另一个理想。它代之以使这些真理、标准和理想破裂、被解构和将要被解构。它预先否定一切以及任何陷入那些被解构／证伪的规则而失去存身之处的论述之正当性。它以一种没有真理、标准和理想的生活锻炼自己。它常常为不够肯定，不是一直肯定，不希望肯定和轻视肯定性等诸如此类的东西，以及不愿在神圣正义和平和的自信等任何幌子下挥舞专制大刀而受到指责。后现代精神似乎谴责一切并一无所有。"[44]拉维尔斯坦是一个后现代主义精神的坚定贯彻者，他解构现存的教育思想，但并未建构起自己的教育思想体系，如前所述，拉维尔斯坦的著作和文章挑战了以往的权威，揭发了美国的文化娱乐、出版以及教育制度、它的智囊团和它的政治的失败。所以他是一个极富勇气的破坏者，但却不是一个积极的建设者。其实以前美国高等教育界所研究的社会问题是对 60 年代"造反运动"以来出现的社会弊病的反思，而拉维尔斯坦则对它们的严肃性进行解构，暴露出其悖谬之处，告诉人们一味沉浸于概念的纷争中对于美国社会现实于事无补，那种纯粹的学术性的空洞的研究在当下大众文化成为社会生活主流的后现代社会中是不受欢迎的。他迎合了大众喜好，拆解了严肃的学术问题，使其显露出迂腐可笑的一面，在美国高等教育界的一潭死水中投下了一块石头，溅起很大的波澜。所以，他成了后现代社会中学术界的幸运儿，虽然为同行所嫉妒与攻击，更多地却是受到广泛的欢迎，既赢得了名声，也收获了财富。

对于后现代社会生活方式的恋仿，对于商品符号价值的追逐以及对传统观念的解构使得拉维尔斯坦在这个社会中如鱼得水，混的风生水起，影响所及已经超越了学术界，成为社会名流、政界的红人和幕后的顾问；超越了国界，从而使自己享誉美国和欧洲，受到白宫和唐宁街的欢迎。从这个角度看，拉维尔斯坦的恋仿似乎是对的，是他成功的前提和实践。但事物往往有其两面性，对于后现代社会现象的无条件的恋仿就像会刺伤别人也会伤到自己的双刃剑一样，一旦舞的不好，同样会把自己搞的遍体鳞伤。美国学者诺尔曼·布朗

44 Zygmunt Bauman, *Intimations of Postmodernity*. New York and London: Routledge, p.ix.

（Norman O. Brown, 1913-2002）认为，人牺牲快乐原则而屈服于现实原则是因为人内在地具有自我压抑的冲动，人与动物的不同之处就在于人是自我压抑的动物。人压抑自己的爱欲并使之升华为创造历史的动力，其根本原因在于人对死亡的逃避。但作为生活在美国后现代社会中有着清醒认识的学者，拉维尔斯坦虽然靠自己的思想生活（谋生），却并没有遵从理性的原则，而是完全迷失在资产阶级的安逸中，"摆在我们面前的是一个生物学的典型，即抛弃灵魂，强调纵情享受的重要性，从紧张（生物静力学和生物动力学）中解脱出来。"[45]所以，对于物欲的无餍追求和对混乱的性爱的拥抱使他暂且忘掉了自我，也完全彻底地从肉体上消灭了自我。即使是在解构主义旗帜高张的后现代阶段，理性作为秩序的表现或者意图的明确，仍然具有不可忽视的价值。在后现代社会中，拉维尔斯坦意识到了自己真实的欲望，并因无条件地恣仿社会生活使其欲望得以满足，所以他对后现代生活是完全顺应的。一般来说，个人欲望得不到满足的情况下，他应该是仇恨生活和准备消灭阻碍自己自我实现的他人的，反之，他要用生活消灭的就是自己了，"死亡本能只有在一种未受压抑的生活中才能与生本能达成统一。这种未受压抑的生活使人的肉体中不再有'未曾生活过的地带'，死亡本能因而在一个自愿赴死的肉体中得到肯定。"[46]因而，拉维尔斯坦虽然乐生恶死，心中有千般不舍，万般焦虑，却也在物欲的满足中走向了死亡的人生终点，这是他的人为物役的享乐主义生涯的必然归宿。歌德笔下的浮士德在追求事业和美的过程中耗尽一生，所以，在弥留之际他呼唤出"你真美呀，请等一下"，却了无遗憾。而现代人拉维尔斯坦则在追逐享乐中走向了生命的尽头，因此，在他的最后时刻才对理性主义与宗教神秘主义的关系产生了深深的疑惑。

恣仿，成就了拉维尔斯坦的后现代人生，同样，也终结了他的后现代人生。真可谓，成也恣仿，败也恣仿。拉维尔斯坦的后现代生涯，他的恣仿成败，提醒人们即使是在一帆风顺的人生中也要有清醒的认识，遵从理性原则，辩证地看待各种社会现象和自己的生活道路，既不能把后现代观念和后现代生活视为畏途，畏首畏尾，萎缩不前，也不能一味沉浸其中，乐此不疲，任凭自己为生活的浪潮所吞噬。因为，在任何时代，命运都掌握在自己的手中。

---

45 索尔·贝娄:《拉维尔斯坦》，胡晓苏译，南京：译林出版社，2004 年版，第 15 页。
46 诺曼·布朗:《生与死的对抗》，冯川、伍厚恺译，贵阳：贵州人民出版社，1994 年版，第 328 页。

　　本章小结：后现代社会，普通人成为社会的主角，消费文化大行其道，享乐主义成为社会共识，对于崇高和意义的消解使美国社会进入了一个全民狂欢化的阶段，应该怎样认识这个阶段，如何在这个阶段正确生活下去，在权威与自由、个体与社会、文明与自然之间求得平衡，拉维尔斯坦给人们提供了良好的借鉴，他的成功人们可以复制，他的失败则提醒着人们不要再步他的后尘。《拉维尔斯坦》致力于表现的是知识分子在后现代美国社会中的现实处境以及他们的心灵冲突和灵魂挣扎，促使美国民众深入地反省自身，共同思考人类在后现代社会如何立身的问题，即这个社会"应该是什么"的问题。

第 6 章 美国双城记：芝加哥与纽约

　　城市作为社会学家重点观照的对象在芝加哥社会学派的研究中具有举足轻重的地位，芝加哥社会学派认为城市不只是地理学或生态学上的一个单位，它同时还是一个经济单位，是文明人类的自然生息地，活泼多变、比较微隐、比较复杂的城市生活和城市文化作为有机的生态组织有其自身的文化，因此，从事社会学研究就必须对美国现代城市生活进行深入了解。诺曼·马内阿（Norman Manea, 1936-）指出："在贝娄的都市世界中，犹太精神找到了自己新的、自由的、美国的声音，找到了其新的安宁与新的不安，找到了一种新的幽默、新的悲哀，最后，还找到了一种前所未有的方式，提出生活中无法解答的问题。"[1]作为罗马尼亚的犹太作家，马内阿将关注的重点更多地放到了索尔·贝娄作品的犹太性方面，虽然不能排除其犹太因素，但索尔·贝娄的作品之所以描写城市，是因为在二十世纪 20 年代美国已经完成了城市化进程，索尔·贝娄和他作品中描写的人物大都生活在城市中，并且芝加哥社会学派主要是进行城市社会研究的，他们对城市生活的关注、对城市社会问题的分析对贝娄影响较深，而且芝加哥这个城市对索尔·贝娄本人来说："我也是这种混合物的一部分，我是芝加哥意识的一种变体，是这种混合物的自我意识的反映。"[2]因此，多方面因素的相互作用成就了索尔·贝娄作品中的城市形象。

　　在《文学中的城市：知识与文化的历史》中，理查德·利罕（Richard Lehan Daniel, 1930-）认为"城市是都市生活加之于文学形式和文学形式加之于都市

---

1 诺曼·马内阿：《索尔·贝娄访谈录》，邵文实译，北京：中信出版集团，2015 年版，腰封文字。

2 马修斯·鲁戴恩：《索尔·贝娄采访记》，郭廉彰译，北京：《国外文学》，1988 年第 3 期，第 215 页。

生活的持续不断的双重建构。"[3]城市是人类文明的伟大创造,以物质建筑为其具体象征的城市,是人类想象力的最佳表现。城市空间,作为一种物质性的存在,不仅会影响作家的文学创作,而且随着城市的变迁,同一个作家在不同时代再现城市空间时,其城市描写也具有时代性。索尔·贝娄曾写过两部"双城记"长篇小说作品[4]:《洪堡的礼物》和《院长的十二月》,前者涉及芝加哥与纽约,后者通过主人公科尔德在罗马尼亚首都布加勒斯特的经历反观芝加哥,审视以芝加哥为代表的美国现代社会。

索尔·贝娄的几乎全部的小说的背景,都是芝加哥和纽约这两个美国最有代表性的城市,以芝加哥为主,这不仅是因为索尔·贝娄长期生活在芝加哥,在创作活动中与纽约文化出版界人士关系密切,并且在纽约居住了十五年,陪伴了它十五年[5],虽然外来者的疏离感使他在 60 年代初离开了纽约,但他仍然频繁往来于这两个美国大都市之间,亲身经历了这两个城市的历史变迁,目睹了它的繁荣与衰败,对它们有着一种爱恨交织的感情,更因为纽约和芝加哥是现代都市生活的代表和典型,是美国当代文明、当代都市文明的象征和缩影。美国著名城市规划师凯文·林奇(Kevin Lynch, 1918-1984)在《城市意象》一书中曾说:"城市如同建筑,是一种空间结构,只是尺度更巨大,需要用更长的时间过程去感知"[6],如果从实际生活经历来说,索尔·贝娄感悟了他的整个一生,如果从他开始发表作品算起的话,索尔·贝娄的这个感知过程也持续了六十多年。美国学者莫瑞·鲍姆嘉通(M.Baumgarten)认为索尔·贝娄对城市生活的描写是他文学智慧的体现,"对贝娄而言,生活在城市是一种哲学活动。城市生活有助于人发现自我……贝娄借此探究人的思想和行动是相互作用、不可分割的"[7]。在他的揭示下,从大萧条时期城市破败的景象到二十世纪后期美国大都会多彩缤纷的场景,城市人群生活中的重大事件和日常琐屑都一一呈现在了我们的面前。

---

3 理查德·利罕:《文学中的城市:知识与文化的历史》,吴子枫译,上海:上海人民出版社,2009 年版,第 3 页。

4 实际上贝娄的双城记作品不仅有长篇小说,短篇小说《泽兰特:人性证明》也是芝加哥——纽约式的双城记作品。

5 宋兆霖主编:《索尔·贝娄全集》(第 14 卷),石家庄:河北教育出版社,2002 年版,第 271 页。

6 凯文·林奇:《城市意象》,方益萍、何晓军译,北京:华夏出版社,2001 年版,第 1 页。

7 转引自汪利汉《索尔贝娄小说研究》,杭州:浙江大学出版社,2016 年版,第 9 页。

6.1 美国城市与文学想象

城市描写在文学作品中具有十分重要的作用，它既给人物的行动和故事的展开提供场所，而且它本身也是文学作品内容构成不可或缺的一部分，但文学作品中的城市并非完全是现实生活中真实的城市。

6.1.1 真实城市与文学城市

一般说来，描写地区体验的文学意义以及描写地区意义的文学体验均是文化生成和消亡过程中的一部分，达比曾经说过，作为一种文学形式，小说具有内在的地理学属性。小说的世界由位置和背景、场所与边界、视野与地平线组成。小说里的角色、叙述者、以及朗读时的听众占据着不同的地理和空间。任何一部小说均可能提供形式不同，甚至很有价值的地理知识。[8]尽管许多地理学者视文学作品为没有生命的事物，是消极的"现成的社会科学方面的资料"，但海德格尔（Martin Heidegger, 1889-1976）认为，"地理学者不会从诗歌里的山谷中去探索河流的源头"[9]，因为文学家对地理空间的描述是充满想象的，能够突出一个地方独特的风情和特色。索尔·贝娄作品中的城市既是他眼中真实存在的，更是他充分发挥自己的想象力营构出来的，贯注了他"对地区意识的理解"。

"城市是钢铁和石头的构成体，也是人类大规模聚集地。建筑师设计和考察城市；历史学家追溯城市的经济政治影响；规划专家分析城市的发展和社会交往。但城市还有一个象征体系，对我们的想象力施加重要的影响。"[10]文学作品在给人们提供丰富的想象力，塑造一个即熟悉又陌生的城市形象方面发挥了重要作用。说它熟悉，是因为它是现实存在的真实的城市，说它陌生，是因为文学作品中的城市是作家精心选择并加以创造性的构思之后呈现在我们面前的典型人物生活的典型环境。在索尔·贝娄的作品中，除了《雨王汉德森》中为我们虚构了尚未开化的非洲原始部落阿内维和瓦利利这两个现实社会中并不存在的地理空间外，其他作品都以真实存在的地理空间为背景，特别是他

8　转引自迈克·克朗：《文化地理学》，杨淑华、宋慧敏译，南京：南京大学出版社，2005 年版，第 39-40 页。

9　转引自迈克·克朗：《文化地理学》，杨淑华、宋慧敏译，南京：南京大学出版社，2005 年版，第 41 页。这里的"诗歌"亦可以理解为广义的文学。

10　莫里斯·狄克斯坦：《迷途中的镜子：文学与现实世界》，刘玉宇译，上海：上海三联书店，2008 年版，第 19 页。

笔下的纽约和芝加哥，不仅真实存在，而且他还生活或工作于其间。在纽约和芝加哥，人们可以看到直插云端的高楼大厦，为数众多的城市居民，穷人的悲惨境遇，富人的奢华，工人与企业主之间的激烈冲突，新闻界或司法机关受贿的丑闻，城市社会对个人的冷漠和个人反对邪恶的勇气，等等。这些则成为了索尔·贝娄文学创作的素材和源泉。美国的两大都市激发了他的灵感，点燃他创作的激情，引发他创作的冲动，从而产生了影响世界的巨著佳作。

十九世纪初，在美国工业革命开始后，交通运输经历了"运河时代"、"汽船时代"和"铁路时代"，城市得到长足发展，并在东北部形成了经济核心区，从新英格兰的梅里马科河到密西西比河之间的城市形成了美国的制造业带。在这一进程中，纽约凭借其港口、河流和运河的优势脱颖而出，它的巨大码头上吞吐着来自世界上任一个大陆的货物，新泽西、宾西法尼亚也将中西部的石油通过管道输送这里加工，制衣业在全国首屈一指，主要的股票交易所、最大的银行、收费最多的律师事务所、数量最多的出版社和最受欢迎的广告公司云集于此，到 1807 年纽约就开始取代波士顿和费城，成为美国首位性的城市和国际化的大都市。十九世纪下半期，伴随者工业化的发展和西部大规模开发，美国城市化进入鼎盛期，在中西部和西部分别形成了两大热点地区，中西部五大湖区的芝加哥成为继纽约之后的美国工业中心，一个年轻的巨人，驰名世界的杀猪者，铁路队的一员。庞大的交通网络使它成为美国大陆铁路的枢纽，冷冻车催生出集中型肉类包装企业，除了传统的屠宰业和小麦加工，还发展了钢铁生产、机车制造和农机具制造等一系列机械生产工业，在这里"一切重要的事物都是可以计算和测量的：用船东运的粮食有几万蒲式耳，火车运往肉类加工工业联合围场的菜牛有几万头，加里的钢厂生产的钢材有多少吨"[11]，工业的发展使芝加哥从 1833 年开始的一个微不足道的小聚落发展成面积达 100 平方英里的美国第二大城市。

作家很难完全凭空想象虚构一个城市空间，而是往往凭借现实的城市进行书写和叙事。作品中故事发生的具体场景，往往是一个城市中的某一具体地点，甚至可以找到文献资料来佐证，这样就带给人一种感觉，作家是在突出和强化故事时空的当代性和真实感，而作品的时代感和真实感能够激发起读者的极大阅读兴趣。从 1825 年起，狄更斯（Charles John Huffam Dickens, 1812-

---

11 马·布雷德伯里，麦克法兰编：《现代主义》，胡家峦等译，上海：上海外语教育出版社，1992 年版，第 129 页。

1870）生活于十九世纪的英国伦敦，他所生活的环境成为了他笔下故事的大背景，在英国文学史上，没有哪位一流的英国作家能够像狄更斯一样将伦敦如此紧密的融入到自己的作品中，所以他才能创作出真实反映十九世纪中叶英国中下层社会的长幅画卷。在爱尔兰作家乔伊斯（James Joyce, 1882-1941）的现代主义意识流小说《尤利西斯》中，其重要材料包括 1904 年 6 月 16 日出版的都柏林报纸和一张都柏林地图，都柏林的城市布局、街道、商店、展览馆、报纸、书店、铜像、修道院、当天法院正在审判的案件、书摊上正在出售的书刊、人们常常哼起的歌曲，等等，这些也都被作者以极严格的写实手法描写出来，生活以它的原生态出现在文学作品中。而索尔·贝娄笔下的芝加哥，如同狄更斯笔下的伦敦，乔伊斯笔下的都柏林，是他长期生活的地方，是他生活和创作的核心，"从 1924 年起，我就成了芝加哥人，也逐渐明白了必须对它培育起一种兴趣，要做到这一点，非得在这儿住上数十年不成。"[12]确实，从任教于芝加哥大学起，他没有间断地一直在此生活了三十年，"我心目中的芝加哥确实就像我笔下的芝加哥一样。这些环境本身就隐含了表现的方式，我只是加以发挥。"[13]

　　他意识到芝加哥的存在，意识到整个三十多年来他所熟悉的地方，从它的种种景物中，通过他自己独特的感官能力，他创造了自己心目中的芝加哥。那边，是黑人居住的贫民窟，墙壁很厚实，石板铺的人行道高低不平，散发着臭气。往西，是工业区。在萧条的南区，到处是污水，垃圾，上面是一层金矿的废矿泥发着光泽，原来的牲口市场已经废弃，一座座红色的高大的屠宰场，在寂寞之中破败腐烂。然后是呆板单调、有点嘈杂的平房住宅区和贫瘠荒凉的公园；还有一大片购物中心；再过去一些是墓地——沃特海姆公墓，赫索格的家人就埋葬在这里，过去如此，现在依然如此；还有森林保护区，那是骑马玩聚会的去处，野餐的地方，谈情说爱的幽谷，可怕的谋杀现场；再依次过去就是飞机场、采石场，再后是一望无际的玉米地。伴随着这一切的一切，是无穷无尽、各式各样的活动

---

12 宋兆霖主编：《索尔·贝娄全集》（第 14 卷），石家庄：河北教育出版社，2002 年版，第 298 页。

13 宋兆霖主编：《索尔·贝娄全集》（第 13 卷），石家庄：河北教育出版社，2002 年版，第 81 页。

——这就是现实。[14]

但他明白,"城市……决不仅仅是许多单个人的集合体,也不是各种社会设施——诸如街道、建筑物、电灯、电车、电话等——的聚合体;城市也不只是各种服务部门和管理机构,如法庭、医院、学校、警察和各种民政机构人员等的简单聚集。城市,它是一种心理状态,是各种礼俗和传统构成的整体,是这些礼俗中所包含,并随传统而流转的那些统一思想和感情所构成的整体。"[15]所以文学家不是建筑学家、法学家、政府机关工作人员或历史学家,但文学家又是这些人的集合,文学家眼中的城市就是其心理状态关注下的城市整体,是经过其内心映射带有自己独特审美个性的城市。

索尔·贝娄以小说创作为生,但他认为自己有点像历史学家。在《芝加哥城的今与昔》一文中,他说他的《奥吉·马奇历险记》是二十世纪20年代和30年代芝加哥的记录,

> 不过,那个芝加哥已不复存在,只能在记忆和小说里面见到了……它现在只是成了想象中的地方。三十年代给冲洗掉了:危房、空地,以及土生土长的人物——杂货商、屠夫、牙医、街坊——都得到了报偿,幸存下来的或者躲在私人小医院里,或者蹒跚在佛罗里达州,或者罹患老年性痴呆症,在加利福尼亚的威尼斯镇濒临死亡,一群新的拉丁人,占据了我所居住的那个老区第二十六街。它那些老房子已经坍塌或烧掉了。[16]

虽然那个时代的芝加哥已经不复存在,但它毕竟存在过,二十年代大萧条来临之前的芝加哥到底是个什么样子呢?在《罗斯福先生的岁月》一文中,索尔·贝娄这样写道:

> 芝加哥,这个移民群落交错在一起的庞然大物,散发着腌制白菜和家酿啤酒,以及加工肉类和制造肥皂的味道,气氛十分平静——平静的像一潭死水,叫人拘束不安……艳阳,透过浓密的烟雾,尽其所能地高高照耀;运河,在化学制品形成的彩虹之下缓慢流淌。芝加哥庞大的道路网络,平坦而又无尽无休,电车丁丁当当,在路

---

14 Saul Bellow, *Herzog*. New York: Penguin Books, 1985, p.339.

15 R·E·帕克:《城市社会学》,宋俊岭等译,北京:华夏出版社,1987年版,第1页。

16 宋兆霖主编:《索尔·贝娄全集》(第14卷),石家庄:河北教育出版社,2002年版,第300页。

上穿行……芝加哥属于那些吹捧者，属于房地产商和公用事业大王，属于威廉·兰道尔夫·赫斯特和博蒂·麦克考米克，属于阿尔·卡邦和大比尔·汤普森，而在我们居住的树木茂密的僻静街道，一切又都平安无事。花七分钱买张电车票，就到了闹市区。兰道尔夫大街上，在班格辛台球沙龙和特拉夫顿体育馆，不花钱就能娱乐一番。体育馆里，有打斗的拳击手。大街上，满是爵士乐歌手，还有市政厅的各类人员……钱花过了头时，就从闹市区步行回来——大约有五英里远。路上，有货栈和工厂；有制造妖魔、侏儒和水中女神等公园雕塑的场所；有克里兄弟商店，买一套两条裤子的衣服，就能弄到一个棒球棍；有波兰火腿铺；界区街和艾什兰街角的皇冠剧场上，贴着朗·却尼或者受人崇拜的热内的招贴画，那里，爆米花机僻啪作响；还有联合烟草商店；再就是布朗和考派尔饭馆，楼上一刻不停地玩着扑克游戏。这是一种真空吸尘器式的单调之味，美好的单调之味……大萧条来临的当儿，也是我智力生活的开端。然而，惬意的喜剧却戛然而止了。[17]

历史学家试图用概念系统来解释城市，而作家借助于想象系统。索尔·贝娄说《奥吉·马奇历险记》是二十世纪 20 年代和 30 年代芝加哥的记录，但他笔下的芝加哥比起历史学家的记录更生动，也更有选择性。真实的城市同时也已经成为想象的城市，文学城市与现实城市的互动成就了其作品的真实性与生动性。

文学作品绝对不是简单描绘城市的文本，一种地理学与历史学意义上的数据源。作为文学作品中的城市，索尔·贝娄不靠堆砌物质名词来夸耀现实，而是以真实城市空间为基础，去追求内在的真实，突出和强化故事时空的时代感和真实性，使同时代的读者对故事产生一种感同身受的幻觉，从而激发起阅读的兴趣。"他有一种天赋……能够让你看到街上最细微的事件"[18]，在他的笔下，城市已经不再是一个地方，而仅仅是一个环境，而且，

贝娄小说中的环境，已经由传统描写让位于史诗化象征。尽管他的作品都有一个清晰独特的社会环境，或者说是一个舞台——感

---

17 宋兆霖主编：《索尔·贝娄全集》（第 14 卷），石家庄：河北教育出版社，2002 年版，第 28-30 页。

18 Alfred Kazin, *New York Jews*. New York: Random House, 1978, p.60.

> 觉中心在犹太家庭，大城市本世纪后半叶美国精神生活，但像典型
> 的美国中产阶级小说中，即那种商业区、太平梯类型或住宅区茶室
> 型小说中，那种文化、性格和风俗描写不见了。城市景色被巧妙地
> 非物质化了，变成了心理紊乱的象征，内心躁动的象征。即使有故
> 事，那故事中也是一种压力与残废的意象占据着惊人的优势。他的
> 主人公似乎永远在观念重荷下劳役，只是短短片刻，他们才能松释
> 一下。[19]

这些独特的社会环境或者说虚拟地理空间是索尔·贝娄理想性世界的建构，它
与真实性的城市书写结合在一起，真假相杂，虚实相生，丰富着他的文学作品
的内涵和意象。

6.1.2 城市特性对文学创作的影响

如果说城市也有风格的话，芝加哥是务实的，纽约则是浪漫的，芝加哥是
保守的，纽约是开放的。所以，"索尔·贝娄（和德莱塞的《嘉莉妹妹》一样）
让芝加哥——他从小长大的、粗犷而便捷的城市——代表城市生活中无穷的
机遇。而把现代生活的病态和分裂留给纽约——使他成为野心勃勃的作家的
地方。"[20]

芝加哥从二十世纪初就已经成为美国工业文明的重镇和现代美国文化的
象征，它是美国人民开拓精神、创造精神的产物，经历了镀金时代自由竞争的
精神之后，这个以牲畜围栏和强盗巨头而著称的城市逐渐成为美国物质主义
社会和实用主义文化中心，因而决定了它关心政治、讲求实际的品质，

> 他们缺乏高尚的目标。他们是我们无个性民主机器大生产的产
> 品，质量一般，对人类历史没有做出什么突出贡献，只会满足于积
> 累金钱……男男女女都一样，过着思想贫乏的生活，谈不上美，也
> 没有德行，精神上一点都不独立——在金钱与物质享受方面享受特
> 权，像启蒙运动预见的那样，是人类征服自然的受害者，也是高技
> 术改变物质世界成就的受害者。[21]

19 于清一：《一个世纪小说家的戏剧情结——解读索尔·贝娄》，沈阳：《艺术广角》，
　　1997 年第 5 期，第 39 页。
20 莫里斯·狄克斯坦：《迷途中的镜子：文学与现实世界》，刘玉宇译，上海：上海
　　三联书店，2008 年版，第 40 页。
21 周南翼：《贝娄》，成都：四川人民出版社，2003 年版，第 356 页。

而这种品质对在此生活或曾经在此生活过的人的影响是十分明显的，西特林之所以取得成功就是因为他抛弃了不实用的浪漫主义而转向了实利主义，而玛蒂尔达则从实利主义出发去寻找自己的幸福，哪怕这种幸福是建立在对他人损害的基础上。这种务实风格对文学创作的影响则是，"芝加哥的作家和诗人关心题材超过风格……他们的作品只体现出一种朴素的历史感，人们在芝加哥的环境里找不到在纽约和欧洲中心城市里出现的那些纲领和宣言，以及对技巧的极度关心。"[22]由于常年浸淫于芝加哥文化，索尔·贝娄的整体创作倾向是现实主义的，虽然他不可避免地受到现代主义文学思潮的影响，甚至在自己的作品中也运用了一些现代主义创作方法，但他认为"作家的艺术，是在为生活的无助和卑劣找到一种补偿。"[23]"现实主义方法，使得人们有可能刻画普普通通的生活状况，而又不失严肃和崇高"[24]。

　　与芝加哥那种完全务实的风格不同，纽约在其发展的过程中一直保持着一种开放的心态和积极浪漫的精神，从 1609 年荷兰航海家亨利·哈德逊（Henry Hudson, 1565-1611）发现曼哈顿，1626 年荷兰人以 60 荷兰盾从印第安人手中买下此地建立新阿姆斯特丹[25]起，一代一代的移民一直将它作为移居美国的入口，所以现代的纽约是一个典型的由近代移民构成的社会，这些移民一直按照他们自己的生活方式而不大理会一般的美国人的生活方式，使得纽约在许多方面比美国其他地区更接近欧洲方式，更多样化，所以它更容易吸纳新鲜的思想，也更富于创造性。埃尔文·布鲁克斯·怀特（Elwyn Brooks White, 1899-1985）在《纽约到了》（1949）一文说，

　　　　大致说来，纽约有三个。首先是那些土生土长的男男女女的纽约，他们对这座城市习以为常，认为它有这样的规模和喧嚣，乃是自然而然、不可避免的。其次是家住郊区、乘公交车到室内上班的人们的纽约——这座城市每到白天就被如蝗的人群吞噬进去，每到晚上又给吐出来。第三是外来人的纽约，他们生于他乡，到纽约来寻

22 马·布雷德伯里编：《现代主义》，上海：上海外语教育出版社，1992 年版，第 131-132 页。

23 宋兆霖主编：《索尔·贝娄全集》（第十四卷），王誉公、张莹译，河北教育出版社，2002 年版，第 75 页。

24 张宪军：《论索尔·贝娄文学创作的现实主义性质》，武汉：《科教导刊》，2009 年第 17 期，第 126 页。

25 1664 年，英王查理二世的弟弟约克公爵占领了这块地方，改称纽约（即新约克，英国原来有约克郡）。

求机缘。在这三座充满骚动的城市中，最了不起的是最后一座——那座被视为最终归宿的城市，视为追寻目标的城市。正是由于这第三座城市，纽约才有了紧张的秉性、诗人的气质、对艺术的执著追求和无与伦比的成就。[26]

纽约虽然是美国文化中心，除了精心准备和加工的艺术之外，它更关注金钱、权力、时髦、形象设计，所以，人们来到纽约，是因为它被看作是前途无量的地方，在这里可以感受到这个世界上最时尚、最顶尖的一切，这是一个能充分发挥自己最大潜力，实现人生理想的地方，"曼哈顿人拐弯抹角地或开门见山地谈论它思考的东西，不管是什么原因，肯定是野心。"[27]在这里，只要有追求并坚持不懈就有成功的可能。当然了，繁华热闹的大都市也是一个藏污纳垢之所，如果被金钱诱惑失去自我，沉沦于大都市的物质享受或在钩心斗角的竞争中经受不住挫折，则更容易会失败。所以在美籍华人曹桂林的小说《北京人在纽约》开篇就写道："如果你爱他，请带他去纽约，因为那是天堂；如果你恨他，请带他去纽约，因为那是地狱"[28]。

纽约的这种开放性的风格使得它成为美国艺术实验主义的聚居地。在文学艺术上，实验主义精神是十分新颖和激进的，纽约的开放的、具有各种不同特征的社会环境吸引着大批的艺术家和文艺赞助者，支持他们进行艺术实验。而在这一过程中，纽约西十四街南边的格林威治村成为了艺术家的聚居中心，文学艺术家们在此过着毫无拘束的个人主义生活，潜心先锋艺术和文学的创作。《洪堡的礼物》中，诗人洪堡就是在这里写出了他的浪漫主义诗集《滑稽歌谣》，从而一举成名。

6.1.3 缘何有"城愁"？

在一般情况下，文学作品中的"城愁"是与"乡愁"[29]相对应来描写的。写"乡愁"是对城市的否定，是乡村的纯朴与城市的腐化堕落的对比，是身处

---

26 埃尔文·布鲁克斯·怀特：《纽约到了》，孙致礼译，北京：《中国翻译》，2000 年第 1 期。

27 Cynthia, Ozick. "*The Synthetic Sublime, form Quarrel and Quandary(2000),*"in Empire City, p.959.

28 曹桂林：《北京人在纽约》，北京：中国文联出版公司，1991 年版，第 1 页。

29 对乡愁还有另一种解释，即乡愁是对故乡怀念的一种情绪和感情冲动，在这个意义上的故乡既包括乡村也包括城市。而我们在本文中的"乡"是与城市相对立的，是单纯指的乡村，这是德莱塞开辟的美国城市小说传统中的一贯表现。

城市而漂泊无定的人对曾经乡村美好生活的怀念；写"城愁"则是对城市的肯定，是乡村的愚昧闭塞与城市的文明与进步的对比，是立足乡村对城市生活的羡慕与企望。但在十九世纪和二十世纪之交，美国社会工业化和城市化迅猛发展，传统的农村生活在城市文明的召唤下迅速解体。从殖民地时期到 1920 年，美国人口由农村向城市集中，城市的空间结构由小城市到中等城市，再发展为大城市，1920 年的美国已经发展成为一个城市化的国家。在这个城市化的国家中，农业文明已经不再在社会生活中占据主导地位，城市成为主导大众社会生活的主要文明形式，"城市是美国文化的代表，但还不能称得上是一种完善的文明。美国人亲手毁掉了以前的悠闲生活，使田园情调在广大的土地上销声匿迹；人们变得匆匆忙忙，似乎受到某种机械力量的驱赶。"[30]索尔·贝娄作品中的城市再也不是与乡村的对立物，没有了参照物的城市以自身独立的面貌出现在读者的面前，因此，他笔下的"城愁"不是由乡村引发的，而是由"城痛"引起的对城市的思考，是对城市自身的自省。

二十世纪美国城市小说的开拓者西奥多·德莱塞（Theodore Dreiser, 1871-1945）的作品中经历了一个典型的由希望到绝望的思维模式：进入城市，观察城市，融入城市，思考城市，最后拒绝城市。在他这个局外人看来，城市是道德的深渊与堕落的陷阱，大城市具有自身种种诱人的花招，并不亚于那些教导人学坏的诱惑者，在城市中那喧嚣的声音，热闹的生活和一幢幢蜂箱般排列着的楼房建筑等外表的辉煌掩盖下的残酷与冷漠。在他的眼中，城市是以农村的对立物出现的，是一个破坏者的形象，它摧毁了乡村的脉脉温情和乡村人的淳朴，所以城市是邪恶的象征。与德莱塞这个闯入城市的陌生人不同，索尔·贝娄从九岁起就生长在芝加哥这个大城市中，在这个城市中度过了一生中的大部分时光，虽然他十分喜爱这个城市，但他不像大多数土生土长的大都市人一样——面对他们的城市，他们永远不能冷静的做出判断，他们会像一个男人迷恋上一个女人那样，丧失所有理智，用最好的词汇来赞美他们的城市，他的作品虽然有着对其生活过的城市的温馨的回忆，但也充满着浓浓的"城愁"，而这种"城愁"则是源于随着城市发展而逐渐显现出来的各种各样的"城痛"。

首先是日益深重的精神危机，这种危机的突出表现为人们信仰的迷失。美利坚民族可以说是一种精神集合体，其主体基本上是欧洲各国移民的后裔，因此，他们的性格特点中往往缺少传统民族的那种单一个性，相反，他们在个体

---

30 索尔·贝娄：《赫索格》，宋兆霖译，上海：上海译文出版社，2006 年版，第 55 页。

身上却融入了多个民族的复合型的个性特征，而美国历史的短暂使得年轻的美利坚民族与那些有着古老文明的民族相比少了传统的束缚，多了一些自由与解放。而自由度的增强就使人们与宗教束缚的矛盾不断增长，宗教逐渐丧失其影响，虽然经国会批准的美国箴言是"我们信仰上帝"，但与虚幻的宗教信仰相比，美国人更信仰能够给他们带来实惠的科学、理性、实利主义。而这种以物质利益为基础的信仰具有很大的动摇性与脆弱性。一旦现实目标失去实现的可能性或不尽人意，那么在他们精神上留下的则是一片无尽的荒漠。特别是在激烈竞争的高压状态下的人们精神极容易崩溃，与之相对应的则是人与人之间情感的冷漠，人们一方面为了自己的利益拼命地排挤他人，另一方面又抱怨自己生活在孤独与狐疑的惶恐之中，《只争朝夕》中威尔赫姆的父亲在儿子上当受骗的时候对他的境遇毫无半点同情心，有的只是怨恨与憎恶，不仅不提供任何援助，反而大发雷霆。《口没遮拦的人》中，肖穆特的母亲即使住在养老院里也只是记得自己有钱的儿子。科技的发展使得美国人越来越依赖科技、崇尚理性，但当人们在享受着科技提供的越来越优越的生活便利时，却面临着有史以来最大的生存危机：环境污染、核战争的威胁，即便如此，克拉德认为与之相比，更多的人死于心碎。物质的丰富和科技的进步与精神的满足形成了悖谬，《雨王汉德森》中富裕的主人公为了摆脱精神生活中越来越严重的空虚，不得不跑到偏僻的非洲尚未开化的原始部落中去寻找答案。实利主义的盛行使美国人拼命工作和疯狂娱乐。但仍然不能让人摆脱精神的紧张，而家庭成员之间关系冷淡和信仰的丧失，使孤独寂寞的人们有烦恼苦闷也不能向亲人或上帝倾诉以寻求抚慰，于是一些人患上抑郁症乃至自杀，另一些人则酗酒、吸毒、性放纵、寻衅滋事，极端行为成为美国社会中孤独心灵的外射或对社会嘲笑式的反抗。

其次是失去温馨色彩的家庭。一般来说，家庭是维护社会秩序的关键，是一个国家稳定的基础。但在城市化和工业化过程中家庭已经发生了巨大的变化，前工业社会那种父权制家庭即丈夫在外工作，妻子操持家务，父母子女济济一堂的家庭模式已经成为历史一去不复返了，新的家庭关系建立起来，特别是工业化促使女子走上工作岗位，不再依赖家庭，而在孩子尚未成年的时候父母就已经离婚的家庭越来越多。过去，相爱才结婚，未婚发生性关系是不道德的，会受到父母亲友的鄙视和社会舆论的强烈谴责，而今性解放的思想造成了未婚同居成为司空见惯的现象，城市化为同居创造了条件，城市使得个人隐秘性活动的机会增多，而且也使私生活和个人秘密的领域扩大。而城市文化的堕落使得许多家庭分离。道德沦丧、两性关系混乱，极端个人主义的自私自利，使得男人丧失了起码的责任感，奥吉·马奇的父亲就一走了之地抛弃了妻儿，西特林和赫索格周旋于家庭和情人之间。女性也不再是弱者的代名词，西亚不仅有许多情人，而且想要将他们当成自己的奴仆，玛蒂尔达把组建家庭当作捕获猎物，玛德琳与格斯贝奇通奸也不背着他的妻子。老年人成为家庭的牺牲品，在美国由于生存竞争激烈导致亲情淡漠，老年人很少与子女共同生活，像劳希奶奶和奥吉·马奇母亲那样即使不能与子女在一起仍得到子女赡养的人毕竟是少数，大多数老年人只能靠着自己的收入过着孤独的晚年，如果积蓄不多的话，连正常生计也会受到威胁，所以艾德勒医生为保证自己有一个不愁吃穿和恬适的晚年而无情地拒绝了威尔赫姆提出的经济资助的请求。孩子更是家庭关系破坏的受害者，他们或是因父母离婚而缺乏关爱，或者走上歧路成为社会的危害。

　　再次是泛滥成灾的社会犯罪。而各种犯罪行为的产生则是和实利主义以及精神信仰的缺失有着紧密的联系，"读读报纸吧——犯罪，丑行，凶杀，失常，恐怖，比比皆是，而我们还把这些誉为人性，人的特征。"[31]为了生存或发财使得一部分处于社会低层的美国人铤而走险，枪械的自由泛滥更使犯罪的成本降低而成功率增加，美国社会生活受到各种犯罪行为的严重困扰，人民生活在暴力和犯罪的恐惧之中。据统计，美国的犯罪率已经居于世界首位，美国大城市中52%的居民有严重的恐惧感，小城市中有41%，市郊有39%。40%的美国人感到自己很容易受到谋杀、强奸、抢劫或伤害，46%的妇女感到严重的恐怖。在纽约的公交车上黑人青年公然行窃，被塞姆勒先生看到后非但没有收敛，反而对他进行威胁。《院长的十二月》中研究生瑞克·莱斯特就因为在酒吧中和两个黑人男女有过语言上的冲突，就被他们设计从楼上推下摔死。一般人员如此，公职人员也不例外，《洪堡的礼物》中法官和律师趁机在西特林的官司中捞钱，《更多的人死于心碎》中的法官和律师联合贝恩·克拉德的舅舅谋夺了属于他的财产，后来又和他的岳父联合通过不正当的手段去夺取这部分财产，心底之肮脏，手段之龌龊，实在令人不齿。但一个令人不解的现象是，一方面美国人受到暴力和犯罪行为的侵害，另一方面对生活中的暴力和犯罪

31 宋兆霖主编：《索尔·贝娄全集》（第 6 卷），石家庄：河北教育出版社，2002 年
　　版，第 596 页。

现象却漠然视之,在《院长的十二月》中,萨特尔斯夫人在被米歇尔进行性攻击时被有些人看到了,但那些人认为事不关己就没有理睬,也没有人报警,而当萨特尔斯夫人黎明逃出寻求帮助时,没有一个人打开家门让她躲避,致使她最后被米歇尔开枪杀害。更令人不可思议的是,在她被害死后,她的辩护律师竟然认为受害者实际上是挑逗者,她自己是乐于接受这种处境的。一些美国学者曾提出世界上没有什么罪恶,所谓的罪孽都是虚构的,而民众对犯罪现象的漠视起到了纵容犯罪的作用,而犯罪又使美国人受到伤害,这样一个恶性循环使美国人把自己置身于挥之不去的惶恐不安之中。

第四,日益加剧的环境污染对城市和生活在城市中的居民影响严重。"他不熟悉芝加哥的这些新区域。这是在它古老的湖底倾倒的垃圾堆起来的丑陋的、发臭的、新建的芝加哥。在这阴沉沉、黄惨惨的西郊。工厂和火车发出嘶哑的声音,把煤烟和各种有毒气体喷洒在新生的夏天身上。"[32]"街上空气污浊。时值圣诞节前夕,阴沉的十二月。空气是褐色的。与其说是空气,倒不如说是煤气。它从南芝加哥,从印第安纳州的哈蒙德和格里的大型钢铁石油联合企业越过大湖飘过来。"[33]科技的发展使得大量的工厂在城市中建立起来,人口向大城市聚集,鳞次栉比的建筑,不断延伸的道路,还有堆积如山的垃圾,四处流淌的污水,盘桓在城市上空的废气,这一切都对现代人的健康形成了威胁,所以,"在这里(芝加哥),要想寻觅莎士比亚、弥尔顿、华兹华斯、叶芝所描绘那种自然美,是永远找不到的。"[34]比起环境污染对城市居民的影响更加严重的是精神的污染,物质的追求使人愈加堕落。面对丧失了自然乐趣和心灵寄托的城市,西特林"多么想痛痛快快地领略大自然的风光,原始质朴的生活,以及那些野生的珍奇异兽,这才是我的幸福所在。而这种幸福所在却像路上的热浪,使人可望而不可即。"[35]但作为一个现代人,特别是现代美国人,他们能彻底抛弃城市生活吗?赫索格和玛德琳夫妇曾一度避居路德村的古屋,但后来他们还是回到了芝加哥,虽然由于两人离婚使得赫索格不得不到处流

---

32 宋兆霖主编:《索尔·贝娄全集》(第 4 卷),石家庄:河北教育出版社,2002 年版,第 313 页。

33 索尔·贝娄:《洪堡的礼物》,蒲隆译,上海:上海译文出版社,2006 年版,第 76 页。

34 宋兆霖主编:《索尔·贝娄全集》(第 14 卷),石家庄:河北教育出版社,2002 年版,第 152 页。

35 索尔·贝娄:《洪堡的礼物》,蒲隆译,上海:上海译文出版社,2006 年版,第 506 页。

浪，最后回到路德村，但他能否一直在此避世呢，在恬静的大自然怀抱里汲取了原始的生命力以后要干什么呢？克拉德逃到了北极，他能够逃离地球这个走向城市化的星球吗？西特林就更不用说了，他在城市发迹，在城市遇挫，要想重新崛起，仍旧不能脱离城市。因为在现代的美国社会中，田园牧歌即使是在乡村也已经不存在了。现代人可以离开城市一时去舐自己的伤口，安慰自己受伤的心灵，但是回来后依旧要在城市的折磨中无奈地生活下去。

城市的繁华热闹表面之下，也隐藏着各种的伤痛与无奈，索尔·贝娄小说中的主人公基本上都经历和目睹了这种孤独、焦虑、痛苦与无奈，这种经历使他们的身心受到了伤害，使他们彷徨而不知所措，例如，赛姆勒先生从波兰的死人堆里逃出来，结果却被埋葬在纽约，纽约对他来说是"文明的崩溃"和群体自杀的体现，在那里，"你能闻到腐朽的气味"，但是出于一个作家的社会责任感，索尔·贝娄指出：

> 小说家是一个想象力丰富的历史学家，能够比社会科学家更逼近当代的事实真相。描写公共大事和个人琐事一样容易——需要的只是更多的自信和勇气。虽然我一辈子都只是业余的历史、政治学生。我开始明白，对于颓废低落的城市，从未有人在作品中加以想象。所有的方式都是从技术、经济、政治官僚的角度出发，没有人考虑过这些人生活的意义。[36]

他一反理论家从技术方面条分缕析地解剖和论证城市的做法，而是从鲜活的一个一个的个体人的经历来描写城市，为人们寻找生活的意义，这是因为"城市表达了人类的经历，自然也包含着个人的全部历史。"[37]虽然经历着种种的"城痛"，但是，索尔·贝娄却不会像德莱塞那样将城市视为畏途，因为在现代社会中城市是美国生活的主体，是美国的表征，所以，"我们简直无法想象，若是没有了大城市，美国将会变成什么样子。"[38]

6.1.4 观察城市的角度：在地性的体验与跨地性的审视

在地性一般包括地域、地方、地点三个层次，既有地缘上的意义也有文化

---

36 角谷美智子：《索尔·贝娄论索尔·贝娄》，《深圳晚报》，2007 年 1 月 22 日。

37 宋兆霖主编：《索尔·贝娄全集》（第 8 卷），石家庄：河北教育出版社，2002 年版，第 137 页。

38 宋兆霖主编：《索尔·贝娄全集》（第 14 卷），石家庄：河北教育出版社，2002 年版，第 304 页。

上的考量,"在地性"就是人物在特定的地点发生的事件。索尔·贝娄的作品有着明显的在地性特征:地域——美洲;地方——美国;地点——芝加哥或纽约,与一些作家的成功主要表现为文化上的意义特别是传统文化不同,他作品在地性的成功不在于语言,因为英语是世界通用语,而主要表现为地缘性,不管是土生土长的美国人还是新来不久的域外移民,他们都是在美国的大城市——芝加哥或纽约经历着自己的一切。生于斯长于斯的美国人虽然对美国文化有着较大的认同感,但他们在地性的城市生活的经历也使得他们不得不对自己长期生活于其中的美国有所感有所思,西特林最后的转变与其说是洪堡的礼物意外造成的,不如说是他在美国大都市长期生活经历积淀的一种爆发,虽然这种爆发不是表现为剧烈的冲突。而那些才来美国不久的域外移民原来可能对美国抱有一些神秘感和新鲜感,但他们在地性的美国城市生活使他们打破了原有的神秘感和新鲜感,不得不对自己原来的认识进行反思,对美国进行反思,赛姆勒先生这位波兰的犹太老知识分子在德国法西斯的集中营中幸免于难,但在 60 年代的纽约则困惑于美国人的道德堕落。而从小生长在芝加哥的泽特兰虽然也喜爱这座城市,但作为一个聪明的孩子,他不会长期被表面现象所迷阻,因而清醒的认识到,"百分之一百工业的现代芝加哥像泄了气的破轮胎,没有绿洲或活水,毫无可爱之处。"[39]在地性体验使得索尔·贝娄作品中的主人公切身感受着美国大城市温馨与冷漠、贫困与富裕、繁华与混乱,并在这种在地性体验中给我们展示出一个真实的美国。

在地性体验的特点就是与生活本身的同步性、处身性,文学描写中的在地性是具有切身感受和真实生活氛围的,这种在地性的生活可以是重大事件的表现,也可以是琐碎繁杂的细节,是人情世故的生活,而且在地性的生活在其发生的时期不仅仅是审美的、文艺的,更是真实的,与个人息息相关的,但对生活的体验仅仅有在地性一种形式吗?阿里夫·德里克(Arif Dirlik, 1940-2017)曾提出"作为比喻,地点意味着立足本地,涉指周边一个灵活、多孔的疆域,但并不排斥本土之外、直至全球的存在。"[40]所以,对于某个国家某个城市生活的认识,不仅需要在地性的体验,还需要跨地性的审视,跨地性意味着认同的多种场所,"原来植根于一地的家如今被多样化后,又投置于一个多地

---

39 宋兆霖主编:《索尔·贝娄全集》(第 11 卷),石家庄:河北教育出版社,2002 年版,第 195 页。

40 洛克森·弗兰兹尼克,阿里夫·德里克编:《全球化时代的地点与政治》,兰翰:罗曼与里特菲尔出版社,2001 年版,第 22 页。

点的网络之中"[41]。索尔·贝娄作品中的主人公大多数为高级知识分子，他们的身份决定了他们能够往来与世界各地，特别是美国与西欧各国之间，而《院长的十二月》中主人公阿尔伯特·科尔德则进入到东欧的罗马尼亚，在一个与资本主义民主制度完全不同的异质化的空间来反思和审视美国，在芝加哥与布加勒斯特的对比中确立美国身份与主体性，以及这种身份与主体性的优劣，这种审视虽然不能与生活具有同步性，但在异质化的空间与文化的对照中有利于从另一种视角中对美国城市进行观照，而这种观照对于"只缘身在此山中"的美国人来说，可以进一步识得庐山真面目。

6.2 城市与城事：地理空间、政治与文化的表征与居民生活

文学作品中的城市描写具有悠久的传统，但城市不仅仅是生活的资料库和故事情节中的场景，它同样表现了社会和生活的信念。因此，文学作品中的空间，是一种缘于特定的地域而又超越其上，经过了价值内化的具有文化象征意义的内在空间。西方人文科学与城市—区域理论学者刘易斯·芒福德（Lewis Mumford, 1895-1990）曾经说过："城市是文化的容器，但这容器所承载的生活比这容器自身更重要。"城市空间作为一种客观存在和地理方位，拥有街道、园林、自然景观和地标性建筑物等，而作为文化的存在，则是一种抛弃了传统的地缘、血缘纽带而形成的不同于乡村生活的独特的生活方式。它既呈现出一种客观的空间地理位置，一个独具特色的文化场域，又揭示了一种主观的生存欲望氛围。索尔·贝娄在深重的城市苦恼中长大，善于观察都市生活的结构和习俗，对城市每个角落进行细致入微的观察并且对城市意象精雕细镂，所以，约翰·雅各·克莱顿（John Jacob Clayton）曾说："又有谁能比贝娄更了解这个城市的分崩离析、荒唐和物化呢？"叙述中的空间形式无须在一个完成了的或完全的系统意义上单独建立一个封闭系统，它可以包括无限制的、甚至是无穷的关系系统，所以，索尔·贝娄在其众多文学作品中都展现出他熟识的城市文化符号，将城市生活和城市体验真实地展现在读者面前，描绘了一幅幅关于美国城市生活的浮世绘。本·西格尔（Ben Segal）指出：

---

41 奥克斯、歇恩编：《跨地的中国》，第 19 页。转引自张英进的《全球化中国的电影与多地性》，北京：《电影艺术》第 324 期，第 74 页。

> 芝加哥和纽约是占据贝娄小说和心灵的两个城市，同时他也毫
> 不犹豫地去批判这两个城市。不过他反复声明，不论如何，他心灵
> 的故乡都是芝加哥。对于他所亲身体会的纽约，他似乎更加苛刻。
> 他深信美国在文化上的大部分弊病如果不能在纽约追根溯源的话，
> 也必然可以在这里亲眼目睹。[42]

他带着又爱又恨的情感去观照和描写美国的这两个大都市，它们的建筑、街道、文化和居民生活，通过重新营构，将它们内化成美国民众潜意识中恒久的空间记忆。

6.2.1 地理空间结构的展现

一个作家，在他的作品中再现城市空间以获得真实感和现场感的时候，他的城市书写必然会受制于具体的城市地理空间，从而使其作品具有特定历史时期城市空间的特性，索尔·贝娄主要运用在空间中展开时间的方法，又将过去、现在能够以某种方式在空间上同时展开，从他开始文学创作到 2000 年创作出最后一部作品，芝加哥与纽约这两个城市的历史空间与现实空间使贝娄的作品具有一种"如在"的感觉，让其作品人物活动在其间，演绎着自己的悲欢离合、生老病死。

《一瓢纽约》的作者张北海曾这样写道："如果城市是树，它的历史就是埋在土里的根，你知道它在哪儿，可又看不到这地下的生命线。看得见的，是地面上的干枝绿叶花果。至于城市，则主要的是它的有形的结构，人为的建筑。不无反讽的是，具体表现出城市精神面貌的，在相当程度上，是它的物质面貌。换句话说，城市的灵魂，你看不见，可是你一上街就感觉到了。"[43]索尔·贝娄带领着他的读者穿行在芝加哥和纽约的街区巷陌中，让人们首先从地理空间和城市建筑感受美国大都市的精神风貌，然后才能够进一步把握城市居民们的生存状态和灵魂状态。

在《芝加哥城的今昔》（1983）一文中，索尔·贝娄写道："芝加哥，建造了自己，又毁坏了自己，然后把瓦砾运走，再从头开始。毁灭于战火中的欧洲城市，惨淡经营，又恢复了原来面貌。芝加哥却不谋求恢复，而是营造出具有

---

42 Hollahan, Eugene ed. *Saul Bellow and the Struggle at the Center*.New York: AMS Press, 1996, p.221.

43 张北海：《一瓢纽约》，上海：上海人民出版社，2015 年版，第 50 页。

天壤之别的东西。在这里，指望稳定，那简直就是发疯。"[44]在这个城市中，哈波大街上的那些留存下来的表征着生活连续性的丑陋透顶的建筑物与位于城市西部的新的摩天大楼并峙，新建的布满公寓和商城的区域与已经陷于停顿的古老工业区共存。

> 在过去的半年内，更多的街道被拆掉了……整整一条街被拆掉了。罗维的匈牙利餐厅被清除了，还有本的台球房和砖砌的古老车库，还有格拉奇的殡仪馆……时间的废墟被推倒了，而且被堆积起来，装上卡车，然后当垃圾倒掉了。新的钢梁正在竖起来。肉铺的橱窗里不再悬挂波兰式香肠……旧的商店招牌也不见了[45]

作为具有生命力的有机体的城市，有着它自己的历史，它是人为的，不可避免地要随着人类活动的演进而演进。虽然芝加哥从它的建成之日（1833 年）开始存在的时间并不长，但对于长期居住于此地的居民来说，他们拥有自己的纪念碑和废墟，而芝加哥的不断的加速发展，把几十年的时光密集地浓缩在了一起，使得这个城市的长期居民亲眼见证了它的历史流变。

在芝加哥，索尔·贝娄度过了他街头巷陌摸爬滚打的童年生活，对于这个城市可以说是了如指掌，索尔·贝娄在作品中基本上是历时地描绘了他所生活过的或者熟悉的区域，见证了美国城市里温暖的街道生活的消失。在他的笔下，奥吉·马奇和泽特兰小时候生活在狄维仁街以波兰移民为主的聚居区，周围的邻居大多是波兰人与乌克兰人、瑞典人、天主教徒、东正教徒，还有路德派新教徒。犹太人很少，街道破败不堪，建筑都是些平房和三层楼房。波兰移民小小的"砖房都漆成了鲜红色、栗色和糖果绿。草坪都用铁管围起来"[46]，"他们每家的厨房墙上都贴满鼓鼓囊囊、油腻褪色的心形象，在圣餐会、复活节和圣诞节时，门口挂着圣像和花儿干枯的花篮。"[47]住户常常将作废的烧水罐截成两半，搁在草地上养花，在鲜红的砖墙映衬下，这些花盆显得银光闪闪。

---

44 宋兆霖主编：《索尔·贝娄全集》（第 14 卷），石家庄：河北教育出版社，2002 年版，第 298 页。

45 宋兆霖主编：《索尔·贝娄全集》（第 6 卷），石家庄：河北教育出版社，2002 年版，第 106 页。

46 宋兆霖主编：《索尔·贝娄全集》（第 6 卷），石家庄：河北教育出版社，2002 年版，第 101 页。

47 宋兆霖主编：《索尔·贝娄全集》（第 1 卷），石家庄：河北教育出版社，2002 年版，第 24 页。

几十年以后，这里变成了波多黎各人的天下，但烧水罐做成的花盆仍然是这一街区的风景，天竺葵开花依如旧时。大萧条时期的芝加哥是这样的：

> "冬天的午后，土地冻得达到五尺深，芝加哥的严寒冻得人的脸颊好像都缩起来，脑袋也好像要冻掉了。这时，走在泛着盐渍的大街上，夹杂在溅满污泥的汽车车身中间，你就会有一种很典型的复杂感受，单调中有兴奋，生活的狭隘中又强烈地预示着一种壮阔，心灵同时感受到扩张和收缩，模模糊糊地体验到匮乏、贫困、令人绝望的束缚，但同时又渴望更多，这就要求人们应该采取所谓的'不切实际'的措施。"[48]这个时期的黑人居住区，"天很冷，寒风吹着，黑人居住区到处一片破败、丑陋的景象，贫民区的这一部分在芝加哥大火后曾经重建，不到五十年又成了一片废墟，工厂都钉上了木板，房屋都人去楼空，败落倾圮之间还长了杂草。但是你感到的并不是荒凉之感，而是一种组织上的不善，放走了一股巨大的精力，从这一大片荒地放出的一种四散逃跑、无所依附、不受控制的力量。"[49]

在这里，读者看到的画面是，寒风吹着垃圾与废纸贴地漫舞，开关门时冷热气体交错形成的白雾，一家人在黑暗中一齐向来访者注目的眼睛，喝醉后赤裸着上半身的女子的疯言疯语。经过了经济复苏和科技发展，50 年代以后芝加哥贫民居住区的状况是否有所改观呢，情况显然不会令人满意，《洪堡的礼物》中的西特林从纽约返回自己的出生地芝加哥，并在此居住下来以写他的"厌烦"的文学作品，他在斯威贝尔家打牌时，所处的环境是当时南芝加哥的黑人居住区，

> 我们仍然坐着，继续喝威士忌，打牌赌钱，抽雪茄。这间坐落在南芝加哥的厨房，不时透进来钢厂和炼油厂难闻的气味，房顶上电线密如蛛网。我时时注视着那些在这重工业区残存的奇特生物。在那充满油味的池塘里，鲤鱼和泥鳅仍然生活着。黑人妇女用面团做鱼饵，在那里钓鱼。在垃圾堆不远的地方，还能看到土拨鼠和兔子；红翅膀的乌鸦带着肩章，就像穿制服的招待员一样，从香蒲树

---

48 Sual Bellow: *It All Adds Up: From the Dim to the Uncertain Future*. New York: Viking, the Penguin Group, 1994, p119.

49 宋兆霖主编：《索尔·贝娄全集》（第 10 卷），石家庄：河北教育出版社，2002 年版，第 245 页。

上空飞过。某些花儿仍然顽强地开着。[50]

黑人贫民区如此，西印度贫民区又如何呢，西特林驱车经过该区域时看到，"这里就像环礁湖畔波多黎各首府圣胡安的某些地带的景象。湖水泛着泡沫，散发出焖牛肚的气味。街上同样是破墙皮、碎玻璃和垃圾。商店门口同样是外行用蓝粉笔写的歪七斜八的字。"[51]贫民区的这种状况到了六十年代仍未得以改观，在芝加哥贫民聚居区的小房子里，居住着波兰裔、瑞典裔、爱尔兰裔、西班牙裔、希腊裔的移民，黑人居住区的石板路高低不平，散发着臭气，从农村迁居到城市里的黑人们在这里过着醉生梦死的生活，充盈着赌博、强奸、野种、梅毒和喧嚣的死亡。在描写这些空间时，索尔·贝娄充分发挥了他的语言组织能力，但这些场景却并非黑暗的想象性空间，而是真实的平民生活空间。

与贫民居住区那种脏乱差的生活环境截然不同的是芝加哥城闹市区的繁华。当西特林到访花花公子俱乐部，站在摩天大楼上向四外了望时，他看到

> 现在我们处于芝加哥最迷人的一角，我得描述一下周围的环境。
>
> 湖岸的景色十分壮观。我虽然没有看到一切，但对这里的一切我非常熟悉，而且对它们有着深切的感受——密执安湖金波激滟，浩淼的湖水岸旁是闪闪发光的马路。人们驱走了这片土地的空旷，而空旷的土地对人的回报只是微乎其微的善意。我们坐在这里，周围充斥着美女、醇酒、时装，以及戴着珠宝、洒着香水的男子，一片财富与权势的阿谀奉承。[52]

贫民区的存在使得城市平民得以在城市生活下去，而从另外一个意义上说，"城市中的贫民区，本身就是一项对比设施，因此是必不可少的。可以使他们想起既有富人也有穷人。由于有了穷人，富人才得以从骄奢淫逸的生活中得到无穷的乐趣，得到额外的收益。"[53]

对于芝加哥来说，无论是奥吉·马奇和小路易等人的大萧条中的充满苦难

50　索尔·贝娄：《洪堡的礼物》，蒲隆译，上海：上海译文出版社，2006 年版，第 173 页。

51　宋兆霖主编：《索尔·贝娄全集》（第 6 卷），石家庄：河北教育出版社，2002 年版，第 109 页。

52　索尔·贝娄：《洪堡的礼物》，蒲隆译，上海：上海译文出版社，2006 年版，第 106 页。

53　索尔·贝娄：《赫索格》，宋兆霖译，上海：上海译文出版社，2006 年版，第 55 页。

的经历，还是泽特兰稍显平淡的成长过程、以及 40 年代以后的洪堡、西特林、赫索格、科尔德和拉维尔斯坦诸人或悲或喜的城市生活，故事发生的具体场景，都是位于这个城市中的真实地点，在城市历史中是有据可查的。"我在描写芝加哥的环境时其实是看得见它们的。环境自己在表现着自己的存在风格，我不过是把这种风格精致化了。"[54]这就使人们觉得，作家在进行想象性的文学创作时依然突出并强化了其故事时空的时代性和真实感，从而使人们在阅读的过程中不自觉地产生一种感同身受的幻觉，与作品中的人物一起在美国城市中同悲喜共命运。当然，他对纽约的描写也不例外。

但如果说在索尔·贝娄的作品中，芝加哥是以居民区的地理空间结构形式以及它的发展变化呈现在读者面前的话，其纽约真实地理空间描写对读者吸引力最大的则是城市地标，围绕着能够代表纽约特征的地标性街区展开故事情节。因为街道"既表达它清晰的世俗生活，也表达它暧昧的时尚生活。街道还承受了城市的噪音和形象，承受了商品和消费，承受了历史和未来，承受了匆忙的商人、漫步的诗人、无聊的闲逛者以及无家可归的流浪者，最后，它承受的是时代的气质和生活的风格。"[55]而这些地标性街区作为故事背景出现，往往会积淀成为一种城市意象。

索尔·贝娄作品中首先写到的纽约地标性街区是华尔街。被视为纽约经济中心的华尔街位于曼哈顿岛南部。1609 年荷兰人进入哈德逊河流域，次年，他们开始与当地的美洲土著人进行交易，后来他们在曼哈顿地区创建了新阿姆斯特丹，这一区域在 1653 年时曾经是新阿姆斯特丹总督的所在地，为方便总督府警卫们的通行并免遭土著人和英国人的袭扰，时任总督下令人们用原木在两边圈起 12 英尺高的围墙，这样就形成了一条从东河到哈德逊河之间的简易街道，随后人们为之就地取名，称之为"墙街（WallStreet）"。这片大陆上早期的美国人把荷兰人赶走后，为修建正式的街道拆除了原来的木围墙，但"WallStreet"（即华尔街）这一名称却被保留了下来。宽度仅有十一米的华尔街街道并不长，但就是这条不长的道路却驰名世界，位于华尔街上的联邦厅最早的时候曾经是独立后的美国第一届国会所在地，乔治·华盛顿就在此宣誓就

54 戈登·劳埃德·哈珀：《索尔·贝娄访谈录》，杨向荣译，他山石[J]，第 126 页（又见于《巴黎评论·作家访谈3》，人民文学出版社，2018 年版）。

55 汪民安：《身体、空间与后现代性》，南京：江苏人民出版社，2006 年版，第 137 页。

任美国第一届总统，不过纽约华尔街作为美国政治中心只是短暂的一段时间的事情，它的政治中心作用随着美国首都迁至华盛顿特区而时过境迁，但它作为美国金融中心却持久辉煌。1792 年 5 月 17 日，二十四名证券经纪人聚集在这里，达成证券交易的"梧桐树协议"，由此揭开美国证券交易的新篇章，并在后来发展成为纽约证券交易所。华尔街从二十世纪 20 年代起成了美国金融行业的表征，在华尔街上，设有美国国家和纽约州市地方的证券交易所、投资银行、信托贸易公司、保险公司以及大宗商品交易所等，许多大的私人财团也在这里设立了经理处。作为美国和世界金融和投资中心的象征，华尔街比其他任何地方更能代表金融和经济的力量，在美国人看来，纽约的华尔街是依靠大宗的商品贸易、巨额的资本交易和不断的经济创新来确立自己经济中心地位的，而不是像世界上一些其他经济中心城市那样依靠海外殖民主义和疯狂的自然资源掠夺才形成。在这条街道上的各个办公楼中，众多富有才华的人们经营着巨大的财富，他们在创造效率的同时也赚取了金钱，金融寡头在此左右着美国乃至全球的政治与经济。对于全世界的金融从业者与投资人来说，华尔街就是众望所归的资本市场的圣殿，不过，它虽然能创造出一夜暴富的投资神话，但同样也能够使人在一瞬间倾家荡产一蹶不振。在 1929 年股市大崩溃前的一年半的时间里，华尔街股票交易市场的股价一路走高，由于股市的利润与实业投资相比要高得多而且盈利迅速，投机者们疯狂地大量拥进股市，致使当时一些主要工业企业的股票价格在翻番后还在继续上涨。看到投资者将钱大把地投入股市，一些基金也按捺不住，匆匆忙忙地从利润较低的投资领域撤出资金转向股市。受高额利润的诱惑，欧洲的闲置资金也像洪水一般地涌入美国，当时的银行总共提供了将近 80 亿元的贷款给证券商户，以便于他们在纽约证券市场进行股票交易。胡佛在就任总统后不久，曾下令拒绝借款给那些资助投机的银行，希望以此来抑制股市的疯狂，但这一措施并没能遏制住人们的欲望冲动，收效甚微或者干脆说没有起到作用，股价仍然持续不断地上涨，于 1929 年的 9 月 3 日达到了证券交易所建立以来的历史最高点，当天成交量超过了 800 万股。然而，这种超乎非理性的股市疯狂状态必定不能持久，到 1929 年 10 月 24 日这一天，许多知名企业股票的价格急转直下，而且局面一发不可收拾，最终导致美国乃至整个西方世界数百万人陷入破产境地，引发震撼全美和全世界的经济危机，从而使美国进入经济大萧条时期，这场大萧条在索尔·贝娄的小说和散文作品中每每被提及。然而大萧条过后，经过恢复后的华尔街繁忙依旧，《只争朝夕》中特莫金医生把威尔赫姆带到人声喧嚷的经纪交易所中，让他见识到了这里投机与牟利的狂热，也从他手中骗走了他最后的可怜的那点钱。

索尔·贝娄作品中纽约的第二个标志性的街区是格林威治村（也译为格林尼治村），这里是纽约浪漫主义和实验艺术的发源地。格林威治村东端起于第二大道，西端抵达哈德逊河畔，南到春街，北至第十四街。街区中心是纽约大学所在地华盛顿广场。这里是纽约市最具有文化色彩的社区，不同于华尔街到处都是鳞次栉比的高楼大厦，这里有迷人的街屋、隐蔽的陋巷以及翠绿的庭院。白天，格林威治村行人稀少，宁静祥和，在大都市的骚动与喧嚣中仿佛与世隔绝了一样，然而一到夜晚，这个街区就会苏醒过来，咖啡馆、酒吧、餐馆、试验剧场、音乐俱乐部以及爵士乐表演等，使得整个社区充满了独特的文化氛围。早在1609年时，格林威治村还是印第安人的居住地，那时候这里流水潺潺、森林茂盛，英国殖民者在此安营扎寨后将此地命名为格林威治，于是这里开始有了它的名字。1778年起有一些纽约城的居民曾来此逃避黄热病，从这时起，格林威治村开始与纽约联系在一起，但1802年纽约的规划官员考察此地以便与整个城市的规划接轨时，发现这里所有已经建成的错综复杂的街道是按照早年间田埂或溪水留下的痕迹修建的，因而与纽约其他社区规划齐整的棋盘格子式的街道风格完全不同，但要想将之夷为平地完全重新建设是十分麻烦的，无奈只好保持原状不再改动。到十九世纪90年代，以前居住在该地的上流社会居民搬迁至纽约北部的第五大道附近新居所，这里则成为一些欧洲和非洲移民的定居地。1910年，一些寻求艺术创新和个人自由的作家、艺术家被这里低廉的房租所吸引，来此居住，发现这里宜人的城市景致和人文气氛与法国巴黎塞纳河畔的左岸十分相似，所以这里聚居了大批的寻求成功之路的作家和艺术家，他们在位于地下室的俱乐部中，在摇曳的烛光里朗读着他们的诗作，交流着他们的思想。这些人就像波西米亚人一样，在当时生活在社会的边缘地带，同气相求地居住在贫困的环境中，古怪的行为做派和不同寻常的穿着打扮，形成了这里的波西米亚风格。1942年，索尔·贝娄曾到纽约在这里拜访过《责任始于梦想》的作者德尔莫尔·施瓦兹（Delmore Schwartz, 1913-1966），后来以为他原型塑造了洪堡的形象，《洪堡的礼物》中的浪漫主义诗人洪堡早年就是在此形成了自己的风格的，此时的"美国处于一种极度的狂乱之中，它期待着从贫民窟里迸出'反基督'来。可是与此相反，这位洪堡·弗莱谢尔却捧着可爱的礼物出现了。他的所作所为有绅士风度，显示出迷人的魅力，因此受到热烈的欢迎。"[56]但曾经吟诵出快乐诗句的他也随着格林威治村波西米亚风格的衰落而走上下坡路，被主流社会所排挤，直至死亡。而认为"没有诗歌确实也就没有人类生活"的泽特兰与妻子"在一九四〇年搬到了城里，在贝利克街住了十多年。他们立即成了格林尼治村里著名的一对。在芝加哥，他们不知不觉地就成了放纵不羁的波希米亚人，而在格林尼治，泽特兰被认同于文学先锋派和政治激进派。"[57]

百老汇大街（Broadway）是索尔·贝娄作品中纽约的另一个标志性街区，这里是纽约演艺文化的中心。西特林的第一个剧本《冯·特伦克》在百老汇大街的贝拉斯科剧院连续演出了八个月，使他取得了巨大的成功。威尔赫姆在这条街道的熙熙攘攘的人流中寻找着骗走了他仅有的七百美元存款的特莫金医生。赛姆勒在这条街上观察着纽约的堕落。百老汇大街从南面的巴特里公园开始，向北纵贯曼哈顿岛。由于道路两旁的剧院里经常进行演出，这里成了美国音乐剧的重要发祥地，人们习以为常也就用百老汇来指代音乐剧，它由此成为音乐剧的代名词。1810 年建立的帕克剧院是纽约市最早的剧院，第二座剧院百老汇剧院在十一年后建立，随后新的剧院如雨后春笋般涌现出来。但早期百老汇戏剧演出具有浓郁的欧洲维多利亚风格，而持续不断的移民大潮以及他们带来的风格各异的文化对这种古老的艺术风格产生了巨大冲击，刺激并推动了具有美国本土特色的编剧与演员的加速出现。二十世纪初期，纽约人又在这条道路两侧建起许多新的剧院，这样，异彩纷呈的舞台剧演出很快就成了纽约作为世界大都会的新亮点。百老汇戏剧艺术在上世纪 20 年代达到鼎盛时期，但这种繁盛的艺术场景却因二十年代末突然爆发的经济危机而趋于萧索乃至停止，经济危机过去后，百老汇的戏剧演出逐步得以恢复并超越以前，不断缔造新的辉煌。当今世界上人们一提起"百老汇"就会联想到美国戏剧，现在每年都有数以百万的游客从世界各地来到纽约，他们在游览观光的同时也不会忘记到百老汇去欣赏高水平的歌舞剧演出，而百老汇戏剧也作为纽约市支柱文化产业项目的一种固定下来。

---

56 宋兆霖主编：《索尔·贝娄全集》（第 6 卷），石家庄：河北教育出版社，2002 年版，第 25 页。

57 宋兆霖主编：《索尔·贝娄全集》（第 11 卷），石家庄：河北教育出版社，2002 年版，第 209 页。

6.2.2 政治与文化的表征

中国现代著名学者王国维曾经说过,"都邑者,政治与文化之标征也。"城市记忆不仅仅是一种集体记忆、历史记忆和社会记忆,还是一种文化记忆,所以,"城市不只是建筑物的群集,它更是各种密切相关并经常相互影响的各种功能的复合体——它不单是权利的集中,更是文化的归极。"[58]城市是人口最密集,也是经济最发达的地区,密集的人口和发达的经济文化,吸引着大批的民众聚居在城市中,特别是在美国这个在二十世纪 20 年代就已经实现了城市化的国家,在《文化地理学》中,迈克·克朗(Mike Crang)认为地理景观和社会意识形态互为共存并相互制约,地理空间研究具有深厚的文化价值。同样,地理空间对文学含义的构建也有着积极作用,现代文学作品中的环境与地理景观脱离了传统的含义,作为一种象征系统和指涉系统,和其他文学元素配合参与了文本的叙事以及作品主题意蕴的生成。索尔·贝娄作品中的城市也成为美国政治与文化的表征,它在现在和过去被同时感知到,当然这种表征往往不是在作品中正面展开的,而是隐入小说的背景中,在背景中凸现出来,因为纯粹的空间性是一种为文学所渴望的、但永远实现不了的状态。

从严格意义上来说,除了在一些文章和演讲稿中谈到政治以外,索尔·贝娄创作的长短篇小说没有一部(篇)是政治性作品,但从他的第一部长篇小说作品开始他就在其中涉及到了政治,但作为政治行政的城市往往并不在作品中正面展开,而是隐入作品描写的背景中,作为美国政治权力的象征符号,在背景中凸显出来。作为政治空间的城市弥漫在作品中,虽然没有确切具体的细节描写,但你却可以在其作品的字里行间,强烈而真切地感受到它的真实存在和对作品中人物命运的巨大影响。

《晃来晃去的人》中的约瑟夫在加拿大出生,虽然从小就移居美国,从上小学到大学毕业也没有离开过芝加哥,毕业后在这里参加工作,结婚成家,却仍然是一个没有获得美国国籍的外国侨民。他生活在美国,在第二次世界大战爆发后,他想要为这个国家贡献自己的力量,因此踊跃报名参军,希望到前线去同法西斯军队作战,然而他的身份需要经受长时间的审查,在此期间他不得不辞去原来在旅游局的工作,而失去工作的他在生活上又处处碰壁,只好待在房间里,与世隔绝。这里就涉及到了美国的移民政策,当时的美国吸引着世界

---

58 刘易斯·芒福德:《城市发展史——起源、演变和前景》,宋俊岭、倪文彦译,北京:建筑工业出版社,2005 年版,第 91 页。

各地的人们，作为邻国的加拿大也成为美国移民的来源国之一，虽然这些移民从小就生活在美国，但他们仍然得不到充分的信任，与美国公民是有区别的，"从法律的角度来说，我还是依然故我。但是，关于我目前的身份问题，我却不知道怎样说才好，我只能说明我过去是怎样一个人。"[59]而这个城市的真实权力，把玩于贪污腐化政客的股掌之间，他们不会为真正有意义的事情而尽心尽力，工作效率本来就不高，加之对待移民的怀疑态度，所以约瑟夫的一腔热情在漫长的审查过程中被消磨殆尽，他最后要尽快参战是因为或许战争能够用暴力教会他在斗室中数月没有学到的东西，而非为美国而战了。

知识分子在美国的发展中曾起到巨大的作用，独立战争期间的主要领导人富兰克林（Benjamin Franklin, 1706-1790）、托马斯·杰斐逊（Thomas Jefferson, 1743-1826）等都是当时著名的知识分子，他们代表着民意，然而进入现代后美利坚合众国的统治者将知识分子分裂开来，当权者追求的是经济的稳定与繁荣，所以科技型专家学者倍受重视，因为他们能推动生产力的发展，而人文知识分子如诗人、思想家等却受到排挤，因为他们的存在会对政权造成麻烦，不像科学家那样不问世事地埋头科学研究。"华尔街是权力的代表……诗人就像醉汉和不合时宜的人，或者精神变态者，可怜虫；不论穷富，他们毫无例外地都处于软弱无力的地位。"[60]对于美国知识分子来说，不管你情愿与否，你往往会在不知不觉间被拖进权力斗争的旋涡中去，而在这场捍卫浪漫主义的斗争中，洪堡失败了，他输得很彻底，因为他想组建"文艺内阁"，而当权者乃至所有美国民众都认为真正意义上的美国的伟大是物质上的巨大成功，持相反立场的洪堡自然不会受到欢迎，反而要遭受灾难，成为社会的边缘人，西特林为防止自己被边缘化，他奴性地将自己捆绑在中产阶级的战车上，违背自己的本心地为那些大人物写所谓"真实"的传记，粉饰他们的人生和粉饰社会的太平，所以他能够作为贵宾，由美国参议员、纽约市长、以及来自华盛顿和奥尔巴尼的官员和第一流的新闻记者陪同，出席在纽约举办的文化活动，并乘着海岸警备队的直升机绕纽约一周在其上空飞过，而洪堡却只能气息奄奄地躲在路边啃坚硬的椒盐卷饼，在小旅馆里孤独地死去。

59　宋兆霖主编：《索尔·贝娄全集》（第 9 卷），石家庄：河北教育出版社，2002 年版，第 16 页。

60　宋兆霖主编：《索尔·贝娄全集》（第 6 卷），石家庄：河北教育出版社，2002 年版，第 206 页。

在美国内战之后，黑人获得了人身自由，他们中的大部分离开了南方种植园进入北部和中西部的大城市中，但名义上的解放并不能在实际上消灭种族歧视，黑人在升学、就业等方面实际上存在极大的不平等，为了安抚黑人在就业上的不平等，美国政府在失业救济方面一直对黑人有所照顾，而这种不平等的照顾对于那些失业的白人来说则更能激起他们的愤怒，所以，拖着几个孩子艰难生活的白人妇女斯泰卡就对这种偏向很是不满，指出这些黑人本来可以从事一些社会能提供的他们也力所能及的简单工作，可是由于懒惰，他们宁可领为数不多的救济金。然而，黑人和白人之间的不信任和敌视并不能靠政府某些小的政策倾斜而有所缓和。在二十世纪 60 年代那个"造反的年代"中，美国黑人领袖马丁·路德·金于 1963 年 8 月 28 日在林肯纪念堂发表了《我有一个梦想》的演讲，他指出：

> 一百年前，一位伟大的美国人签署了解放黑奴宣言，今天我们就是在他的雕像前集会。这一庄严宣言犹如灯塔的光芒，给千百万在那摧残生命的不义之火中受煎熬的黑奴带来了希望……然而一百年后的今天，我们必须正视黑人还没有得到自由这一悲惨的事实。一百年后的今天，在种族隔离的镣铐和种族歧视的枷锁下，黑人的生活备受奴役。一百年后的今天，黑人仍生活在物质充裕的海洋中一个穷困的孤岛上。一百年后的今天，黑人仍然萎缩在美国社会的角落里，并且意识到自己是故土家园中的流亡者。[61]

他希望通过非暴力策略解决种族不平等问题，从博爱的原则出发使黑人和白人像兄弟姐妹那样和睦相处，他的讲话在黑人中产生了巨大的影响。但是，也有人把马丁·路德·金看成是与白人妥协的汤姆叔叔，在当时，不同于马丁的温和反抗主张的是黑人穆斯林领袖马尔科姆·艾克斯，他号召黑人通过暴力革命的方式来获取自己的权利，而这种以暴力行动取胜的主张在广大美国黑人中更能引起反响，也更深入人心。他的黑人民族主义理念引起了美国北方的共鸣，城市黑人的作用力超过了马丁·路德·金为非暴力行动所作的号召，黑人暴力行为在美国的大城市里屡见不鲜。为了避免种族歧视的嫌疑，政府的有关部门对黑人的一些犯罪行为，只要不造成巨大影响，尽可能视而不见，听而不

---

61 马丁·路德·金，霍玉莲：《我有一个梦想》，北京：中央编译出版社，2011 年版，第 107 页（该书前半部分为马丁·路德·金的演讲集，后半部分为霍玉莲撰写的马丁·路德·金的传记）。

闻，并且政府的这一做法对普通民众的意识形态也有所影响。

> 我（指西特林）离开芝加哥的那个周末，就报道了二十五起凶
> 杀案。我真不愿意去想真正的数字究竟是多少。上一次我乘杰克逊
> 公园的高架铁，有两个黑人流氓在那里用刮脸刀割一个家伙的裤兜，
> 而他却装作睡着了。二十个人都眼睁睁地瞅着，我也是其中之一，
> 却奈何不得。[62]

塞姆勒先生在纽约公交车看见黑人青年公然扒窃遂电话报警，但是接警人员却以各种借口推诿而不出警调查，《院长的十二月》中一院之长科尔德悬赏寻找两个黑人合谋杀害白人研究生的证人，反而被自己的外甥诬蔑为"种族主义者"，学院的教务长也认为他给学校带来不必要的麻烦，特别是未经有关权力机关的许可就在杂志上发表文章是危险的。事实上，美国的种族问题特别是黑人问题一直未能很好地得到解决，一方面是由于白人从心理上瞧不起黑人，认为他们粗鲁愚昧，所以在就业等问题上采取了区别对待的态度，而美国政府为了既不得罪白人又要安抚黑人的目的，就在失业救济金上对黑人多一些照顾，在黑人犯罪方面多一些原谅，政府的绥靖政策在部分白人中也很有市场，《赛姆勒先生的行星》中，安吉拉一边追求骄奢淫逸的生活，一边寻找刺激，于是心血来潮地捐钱给黑人杀人犯和强奸犯做辩护基金，表面上是帮助黑人，骨子里却是一种变相的种族歧视的态度。而这种绥靖策略造成的后果则是白人和黑人都不满意，他们之间的隔阂越来越大，黑人不愿意工作而依靠领救济金生活的数量越来越多，黑人犯罪现象愈加严重，可以说美国政府的所谓"种族平等"造成了实际上的不平等，并且这种严重的不平等引发的社会问题至今对美国社会造成严重的威胁。索尔·贝娄在他的文学作品中提出了社会学家和政治学家应该关注的问题，希望引起重视，但他左右不了美国的政治，所以几十年过去了，矛盾依然，冲突依旧。

在索尔·贝娄看来，文化是一座城市的灵魂，没有文化的城市就像一个空壳，纽约和芝加哥在地理和历史上可能具有的不同之处表明两个城市在文化上具有重大差异。相对于纽约来说，芝加哥是粗暴的，

> 虽然"屠宰场没有了。芝加哥不再是一个杀戮的城市了。可是，
> 昔日的气味在闷热的夜气中又复活了。当年，和大街平行的数英里

---

62 索尔·贝娄：《洪堡的礼物》，蒲隆译，上海：上海译文出版社，2006 年版，第 504页。

铁路上，曾经充满了红色运牛车，等着进屠宰场的牲畜，哞哞的叫声和冲天的臭气甚嚣尘上。昔日的恶臭仍然不时地从这个地方散发出来，弥漫在四方，使我们想到在屠宰技术方面芝加哥一度领先世界，千千万万的牲口在这里死掉了。那天夜里，窗户敞开着，各种为人们所熟悉的熏人的臭气又回来了：肉味，脂肪味，血粉味，骨末味，皮革味，肥皂味，熏肉味，毛皮的焦糊味。"[63]

但是，即使是在这个城市以杀戮著称的年代里，也有许许多多的学者、建筑师、诗人、音乐家从四面八方而来，聚集到芝加哥这个城市中。"初看起来，你可能会说这对诗人来讲是个糟透的地方，但事实上，当诗人需要清醒的头脑时，它却是个好地方。"[64]在芝加哥南区，1912 年前后聚集了德莱塞、桑德堡（Carl Sandburg 1878-1967）和舍伍德·安德森（Sherwood Anderson, 1876-1941）等大批的小说家和诗人，他们不仅在思想上，而且在风俗和道德上大胆解放，形成了芝加哥的"文艺复兴"，但等到时光推进到 20 年代末时，这个位于中西部的工业城市的文化生活就日薄西山了。"驶离芝加哥的火车装载着猪肉，也装载着诗人，而城市也迅即沦为了地方的时尚。"[65]"芝加哥有的是美妙动人的事情，可是文化却不包括在内。我们这个地方是一个没有文化然而又渗透着思想的城市。没有文化的思想只不过是滑稽的代名词而已。"[66]特别是在二十世纪中期美国物质生活高度繁荣以后，芝加哥充塞着

窝囊破烂沉闷的货物沉闷的建筑令人厌烦的不安令人厌烦的管理沉闷的报刊沉闷的教育令人厌烦的官僚主义强制性劳动无时不有的警察无处不有的刑法，令人厌烦的党务会议，等等……厌烦是控制社会的一种工具，而权力是强加厌烦、支配停滞、结合停滞与悲痛的力量。真正的厌烦，深沉的厌烦，无不渗透着恐惧与死亡。[67]

---

63 索尔·贝娄：《洪堡的礼物》，蒲隆译，上海：上海译文出版社，2006 年版，第 131 页。

64 马·布雷德伯里编：《现代主义》，上海：上海外语教育出版社，1992 年版，第 129 页。

65 宋兆霖主编：《索尔·贝娄全集》（第 14 卷），石家庄：河北教育出版社，2002 年版，第 271 页。

66 索尔·贝娄：《洪堡的礼物》，蒲隆译，上海：上海译文出版社，2006 年版，第 80 页。

67 索尔·贝娄：《洪堡的礼物》，蒲隆译，上海：上海译文出版社，2006 年版，第 228-229 页。

"厌恶"成为芝加哥在工业社会中人的一种普遍的精神状态，虽然西特林不无谐谐地说过，地处五大湖南端，具有气象万千的外部生活的芝加哥，曾经包含着美国的全部诗意和精神生活，但现在遗留下的只是令人沉闷的厌烦。所以，在 50 年代西特林蜕去浪漫主义风尘，从纽约退守芝加哥时，他发现"当我冲进芝加哥的人群时，我却感到我的弦轴在滑动，弦都松了，我的音调也随之低落下去。我只身孤影怎能对付这股控制着全世界的力量呢？"[68]因此，他只能在这个使人感到厌烦的城市里写一些言不由衷的"厌烦"文字。

与芝加哥的粗暴相比，纽约这个城市是骚动而又焦虑的，它既使人们难以忍受、无法控制，而又魔鬼一般吸引着来自各地的美国人。这里既有美国的经济中心华尔街，又有美国文化生活体现的格林威治村和百老汇。纽约市的第一代和第二代移民中的一些人成为古老的欧洲大陆和美国新大陆之间的文化媒介，赋予美国艺术实验主义以民族的和国际的精神。二十世纪初，生活中毫无拘束的个人主义在格林威治村盛行，这是既放荡不羁又十分优雅甚至是颇有教养的生活，这里既有追求自由的诗人、满腔热忧的情人，他们举止优雅，低徊浅饮，但是也有呆头呆脑的傻瓜和行为怪异的莽汉，这里既是能使艺术家激发灵感的地方，也是能为思想家和革命家提供庇护的避风港。这里的"实验主义精神显得非常新颖激进，富有政治色彩；它那开放的、具有各种不同特征的社会环境吸引了一大批新的赞助者，他们热心于支持道德和艺术方面的实验主义，"[69]这对那些青年作家和艺术家有着极大的吸引力，美国著名短篇小说作家欧·亨利（O.Henry, 1862-1910）曾在东第九街的一间房子里生活多年，1904-1908 年间马克·吐温和女儿曾在第九大街生活过一段时间，德莱塞在圣路克坊完成了他的代表性长篇小说《美国的悲剧》。这里既有烛光下的诗歌朗诵，也有不同政治思想的交流和交锋，洪堡曾在这里给西特林谈论过现代主义诗歌、象征派艺术、斯宾诺莎、叶芝、里尔克和艾略特等艺术家和哲学家，谈到心灵是如何由永恒而无限的事物给它提供欢乐的，他从可爱的女孩宝贝鲁思（鲁思·克利夫兰）谈到德国女政治家罗莎·卢森堡，又从匈牙利共产主义领导人贝拉·库恩（Kun Bela, 1886-1939）谈到苏联的创始人列宁（Lenin, 1870-1924），他给西特林讲季诺维耶夫（Григорий Евсеевич Зиновьев, 1883-1936）、

68　索尔·贝娄：《洪堡的礼物》，蒲隆译，上海：上海译文出版社，2006 年版，第 234 页。

69　马·布雷德伯里，麦克法兰编：《现代主义》，胡家峦译，上海：上海外语教育出版社，1992 年版，第 133 页。

加米涅夫（Lev Borisovich Kamenev, 1883-1936）、布哈林（Николай Иванович Бухарин, 1888-1938）和斯莫尔尼学院，从沙赫蒂的工程师们讲到斯大林（Joseph Vissarionovich Stalin, 1878-1953）肃反进行政治大清洗的几次莫斯科审判，给他分析西尼·胡克（Sidney Hook, 1902-1989）的著作《从黑格尔到马克思》与列宁的《国家与革命》一书的理论联系与发展。在格林威治村，西特林还有幸聆听到了夏皮罗（Meyer Schapiro, 1904-1996）、胡克等许多知名人物的讲话。在那个年月里，格林威治村广泛流行的实验主义精神既成就了洪堡等诸多文学艺术家，也吸引、陶冶并鼓励了像西特林那样的一代年轻人，使他们在这里沐浴到了思想与艺术的光辉。第二次世界大战结束以后，格林威治村的东村发展成为艺术界"纽约学派"的圣地，此后，这里相继成为"跨掉派"的摇篮和"雅皮士运动"的大本营。从二十世纪 20 年代寻求艺术创新和个人自由的"迷惘的一代"，到战后信仰"存在主义"的一代和 50 年代"沉默的一代"，从"披头士"到"嬉皮士"再到"雅皮士"，以及 90 年代新保守主义的回归，格林威治村见证了美国社会历史的发展变迁。但是，对于以文化与艺术著称的城市纽约来说，它之所以能够这样繁荣是因为那些伟大的事物曾经存在过，而且薪火相传，现在依然延续着它们的生命力，虽然在这个过程中，艺术精神也出现了一些小的变化。

6.2.3 市民生活的城事叙述

芝加哥社会学派曾经对都市与人性的多样化进行过深入细致的调查研究，帕克认为人是双重继承的载体，既有生物性遗传的继承，也有社会文化遗产的精神继承，所以，人性具有矛盾性和多面性的特征。帕克指出，"城市放大、张扬、展示着'人格'各种不同的面孔。正是这些东西使得城市生活引人入胜、甚至令人着迷。同时，也正因为如此，城市成为一个发现人类心灵秘密和研究人性与社会的地方。"[70]索尔·贝娄在他的作品中就为我们提供了这样一个发现人类心灵秘密和研究人性与社会的地方，他在其中仔细地观察着生活在大都市中的形形色色的美国人。

卢梭曾提出，"房屋只构成城镇，市民才构成城市"[71]。城市为人类活动

---

70 于长江：《从理想到实证——芝加哥学派的心路历程》，天津：天津古籍出版社，2006 年版，第 172 页。

71 刘易斯·芒福德：《城市发展史——起源、演变和前景》，宋俊岭、倪文彦译，北京：建筑工业出版社，2005 年版，第 100 页。

提供了舞台，城与人有着密不可分的关系，人因城而生存，城因人而充满生机，诚如列斐伏尔在《空间的产生》中所说的那样，空间绝非只是一个准备着被"内容"填充的"容器"，而是因为人类的生命情感的投射与塑铸而具有不同的形态和意义，有人之处才有城，反之亦然，有城才会有人。无论城市的规模是大还是小，它都是因为人的聚集才建立和发展起来的，一个城市，仅仅有建筑，只是一个地理空间和物质空间，没有人的城市不过是一副灵魂被抽空的躯壳，没有城的人找不到自己的归属，身心一直在路途上漂泊。正是因为城与人不可分离，所以，"城市是情绪、情感状态，大部分是集体的畸变。在这里，人类既茁壮成长，又痛苦煎熬；在这里，人类把灵魂投注到痛苦和欢乐中，并以痛苦和欢乐来证实现实的存在。"[72]市民构成了城市日常生活的主体，他们才是城市的主角和最稳定的阶层。作为美国城市中的主角，城市日常生活的真实内容是由生活于其间的每一个市民来谱写的，市民日常生活的丰富性使城市空间变得更加生动鲜活，这些人们的言行举止、悲欢离合等形成了城市生动的灵魂与丰满的血肉。所以，这些城市空间中活动的人、发生的事以及传承下来的历史就构成了完整的城市，平凡的大众生活。他们日常的衣食住行同时也构造着城市"人文温度"的高低。

　　街道是城市最基本的组成部分之一，是城市故事的发生地，汪民安在《街道的面孔》中曾经说街道是城市的寄生物，它寄寓在城市的腹中，但也养育和激活了城市。没有街道，就没有城市。巨大的城市机器，正是因为街道而变成了一个有机体，一个具有活力和生命的有机体。一般说来，城市中的建筑是人们封闭的生活场所，其中存在着各种限制，而街道则向所有的居民敞开。只有在城市的街道上，人们才经常会看到居民普普通通的生活场景，遇到有趣的事情，这是因为街道是所有人的共同背景，却是每个个体的异质性背景。在西特林的印象里，20 年代生活在芝加哥的孩子们一到冬雪初化的三月份，便纷纷走出家门，四处出击去探寻所谓的"财宝"。肮脏的积雪在马路两旁堆着，因天气转暖而消融的雪水在沟渠中蜿蜒流动，闪闪发光，其中，用过的瓶塞、废旧的齿轮、以及印着印第安人头像的小额钱币都能够找到，这样，化雪天有些泥泞的湿漉漉的城市街道反而成了孩子们无比开心的天然乐园。在 1943 年的1 月 13 日，约瑟夫行走在芝加哥的街道上，看到路旁有两个男人在锯一棵树，一条狗从篱笆后面跳出来，没有任何征兆地狂吠起来，一个穿着双排扣方格花

72　Saul Bellow, *The Dean's December*. London: The Alison Press, 1982, p.285.

纹厚外套和红靴子的人站在一块地的中央在焚烧垃圾,往一堆火里扔盒子。而一幢石屋高高的窗子前面,一个金发男孩肩上披着一条毯子,纤细的手指握着一根细细的绿色木棍当作权杖,戴着一顶纸冠,假扮成国王。看到有人走过来,他突然将作为权杖的木棍变成枪支,嘴里发出"砰"的响声,对准来人瞄准开火,而路过者连忙假装被击中而倒地的配合使得双方都享受到了游戏的乐趣。这个类似电影摄影式的场景小规模地说明了索尔·贝娄小说中的形式空间化。就场景的持续来说,叙述的时间流至少是被中止了:注意力在有限的时间范围内被固定在诸种联系的交互作用之中。这个有趣的场景,虽然本身对于作为一个整体的小说作品来说算不上有多么重要,但它在完成了独立作用之后,又被巧妙地溶入主要的叙述结构中。在这里,我们看到了美国城市居民之间的温情与温馨,看到了人与人之间关系的人文情怀。

城市是人们奋斗、追求成功的场所,它记载着每一个人的奋斗史。不同于德莱塞把城市描写为堕落的深渊,索尔·贝娄的小说中的人是城市的正常居民,而非来自乡野农村的闯入者,在城市中他们也可能沉迷堕落,但这却非城市的原因,而是个人性格和社会局势发生变化等诸多方面因素造成的。在这个奋斗追求的过程中,有些人失败了,如《只争朝夕》中的威尔赫姆,他经常感情用事,在凯西客西卡亚电影公司雇员莫里斯·维尼士的引诱下从大学中途退学,改名换姓到好莱坞去投考电影演员,然而演员毕竟不是那么容易就会当上的,从艺梦破碎的他开始自己去经商,不幸的是,没有经营经验的他很快就被人欺蒙不得不放弃,随后是跟玛格丽特恋爱、结婚、与奥莉芙私下往来、和妻子闹离婚。不久前他还就职于乐嘉芝公司,然而由于得罪了老板被辞退,陷入失业的境地,以致难以抚养妻儿。为了摆脱经济上的窘境,在特莫金医生的怂恿下,他决心做猪油的投机生意,把自己仅有的七百美元存款全都信托给了特莫金购买股票,却不知道特莫金是一个不学无术、油嘴滑舌的骗子,在拿到威尔赫姆的钱后就消失得无影无踪,弄得他连旅馆的房租都交不了。有些人在个人奋斗中取得了成功,如奥吉的哥哥西蒙,他从小就有着虚荣心,艰难的家庭生活压抑着他的这种想法,一旦他长大了,他就渴望早日摆脱贫穷,因此他不像自己的弟弟一样生活在理想信念中,去追寻什么虚无缥缈的"更好的命运",假如伦林夫妇要收养的人是他的话,他绝不会放弃这个改变自己命运的机会,而是会毫不犹豫地答应下来,所以在被塞西背叛后,遇到夏洛特就成了他出人头地能紧紧抓住的救命稻草,通过婚姻,他弄到了自己的煤场,并以此为起点,逐步扩大自己的资产,过上了他自认为成功的生活,因此,他呵斥自己的岳母,认为她的穿着给自己丢面子,打扮奥吉,想要他按照自己的计划攀高枝,以达到与露西结婚的目的。菲力普为使自己成为一个完全彻底的美国人,心甘情愿地投身于特蕾西的怀抱,为了那早以贬值的所谓荣耀,他抵押上的是自己的灵魂。有些人成功后走向了失败,早期的洪堡的成功就源于美国经济大萧条之后人们心中所向往的克服困难的浪漫主义情怀,他那节奏明快,妙趣横生,富有人道主义情感的诗歌为那个物质匮乏时代的人们提供了精神上的慰藉,而一旦社会形势发生变化,他的美好的诗句就被认为是不合时宜的空谈,世界的物质性被视为唯一的实在性,工具理性主宰了一切,事功成了真理的同义语,所以他被时代所抛弃,而西特林则取代他成为时代的宠儿,新的文化贵族,从而享受着财富和名利的尊重,但是在这一过程中,他不知不觉地走进了自己给自己挖掘的泥坑中,为名利所累,为财富受敲诈,他与其说是成功了,毋宁说是走向了另一种失败。

在美国的城市中,始终生活着一些"边缘人"。"边缘人理论"是由芝加哥学派社会学家帕克在研究移民问题时于 1928 年提出的,在 1937 年出版的《文化冲突与边缘人》中,他认为,"边缘人是命运安排其生活在两个社会中,并处于不仅仅是不同,而且是敌对的文化中……在这两种不同且难以熔化的文化被全部或者部分地融合的过程中,他的心灵备受煎熬。"[73]在帕克看来,移民都属于边缘人,不管他是跨国移民,还是国内农村进入城市的移民,这些人中的大部分都或多或少地会产生"边缘人"型人格。而移民群体要融入当地社会族群则需要经历敌对、冲突、适应和同化四个阶段的过程。在自己的作品中,索尔·贝娄利用空间的建构与空间权利之间的冲突将这些边缘人的生存状态鲜明地展示出来。《晃来晃去的人》中的约瑟夫就是一个"边缘人",作为还没有取得美国国籍的美国居民,虽然他已经在芝加哥城生活了十八年之久,但他的参军申请仍需经过一番调查,而这个调查过程几经反复,一拖再拖,他为了入伍辞掉了原来旅游局的工作,现在入伍不成,想要回到原来的工作岗位又因他尚在调查中遭到拒绝,由于没有工作单位,他替妻子到银行兑现支票时因无法证明身份无功而返,无奈他只好一个人躲在家中,从阁楼的窗户中看外面耸立的烟囱里冒出的青烟和一排排的民房、仓库、台球馆等。移民的身份使他

---

73 Robert Ezra Park: *Cultural Conflict and the Marginal Man*, in: Everett Stonequist, *The Marginal Man*, Charles Scribner's Sons, 1937, p.15.

成为这个城市的"他者","从法律的角度上说，我是那个从前的我，如果提出有关我身份的问题，我只能指向我过去所拥有的属性。我并没有试图把自己置于今日。这样做既不是因为冷漠，也不是因为恐惧。几乎与一年前的我没有任何关系，这真让我高兴。"[74]他用喜剧的话语写出的是他悲凄的心境。与他在六面体的房间中过着封闭的、无望的与世隔绝的监狱式的生活相对比，他的朋友约翰·珀尔在纽约画画，拥有一个自己的团队，能够跟人类最好的部分即艺术与友情相联系，而非茕茕孑立，被社会生活弃置一旁。在索尔·贝娄的作品中，美国城市中的"边缘人"不仅仅表现为身份的边缘化，而且有许多人更是从思想上主动将自己边缘化了，他们之所以成为"边缘人"，是由于他们的思想与当时主流思想相悖谬，因此不为大多数人所欢迎。美国是一片物质上成功的乐土，所以一般人是不会为它的意识形态而忧心忡忡的，但是，

> 要当一个美国诗人的崇高理想有时让洪堡觉得自己像是个怪人、孩子、小丑，或傻瓜。我们像流浪汉和毕了业的学生一样，在浑浑噩噩中打发日子。或许美国是不需要艺术和内在的奇迹了，因为它外在的奇迹已经足够了……因此，洪堡的所作所为势必成为离奇滑稽的笑料……洪堡在苦苦思索着，如何在过去与现在、生与死之间周旋，才能使某些重大问题得到完满的回答。然而，苦思冥想并没有使他头脑清醒。于是，他便试着吃药、喝酒，到头来不得不采取好多疗程的电休克疗法。正如他所经历的那样，最后形成的局面是洪堡与疯狂的斗争，而疯狂完全占了上风[75]

最后的结果是洪堡从思想到肉体的彻底消失。在《院长的十二月》中，作为学者的阿尔伯特·科尔德同样是一个思想上的"边缘人"，他要捍卫自由平等和民主正义的美国思想却为美国的当权者和普通的美国民众所不理解，甚至恶语相向，甚至通过卑劣的手段使他不得不放弃院长的职位。赛姆勒先生虽然是一个社会的旁观者，但他对纽约社会生活中存在的金钱至上、性放纵和暴力泛滥打心底里不能认同。

> "现在出现了许多令人惊异的同过去相似的事物，但是最引人注目的是一种奇特的表演，以一种煞费苦心的、有时是十分艺术的

---

74 Saul Bellow: *Dangling Man*, New York, Penguin Books, 1977, p.12.
75 宋兆霖主编：《索尔·贝娄全集》（第6卷），石家庄：河北教育出版社，2002年版，第19页。

姿态，来表演自己是一个人，以及一种奇怪的欲望，企图追求新颖独特，追求出众，追求利益——是的，利益！一个来自典范的引人注目的衍生物，同时又是对典范的否定。古代是承认典范的，在中世纪——我不想在你们面前变成一本历史书——但是现代人，也许是由于集体化，怀有一种创新热。认为每个灵魂都是独特的，这是一个很好的想法。一个真正的想法。但是能用这些形式来表现它吗？用这些拙劣的形式？我的老天爷！用头发，用衣服，用毒品和化妆品，用生殖器，用沉湎于邪恶、恶行和放荡的生活，甚至通过淫猥来接近上帝？灵魂处于这种狂暴混乱之中，该是何等恐怖！在这种性虐待狂的实践中，它能看到一丁点儿它认为真正高贵的东西吗？"[76]"如果大多数人好像是被符咒迷住了似的，像梦游者那样，被微不足道的、神经过敏的琐细的目的所约束、所掌握而在兜来转去的话，那么，对于像赛姆勒这类个别的人就只有一往直前，他注意的不是目的，而是周围环境美的消耗。即使受了侮辱，感到痛楚，身上什么地方在流血，也决不明显流露出一丝愤怒，决不悲痛地号哭，而是把心痛转化为细致的甚至透彻一切的观察。"[77]

他的这种立场是使他实际上成为一个思想上的"边缘人"。比起身份上的"边缘人"，思想上的"边缘人"承受的压力更大、敌意更多，身份上的"边缘人"可以通过适应走向同化，而思想上的"边缘人"处于冲突的中心，除非放弃自己的立场，否则，社会对他们的敌意是有增无减的。

　　一般而言，家庭是具有婚姻和血缘关系的亲属之间建立起来的。但对于作为一种社会组织形式的家庭，现代美国社会中的人们更为重视的是个人主义的价值观。所以，在美国城市居民家庭中，虽然也存在着温馨的家庭成员之间的关爱，例如奥吉的童年时代就是在母亲的辛苦操劳和兄弟团结中度过的，虽然父亲不知所踪，弟弟乔治有些白痴，但母子四人和房客劳希奶奶一人一狗生活在一起，为给母亲配眼镜到诊所说谎，老太太想使兄弟二人出人头地的唠叨，挣到第一笔款项时的兴奋；安娜姨妈对参军的儿子的牵挂，为女儿在大学

76　宋兆霖主编：《索尔·贝娄全集》（第 5 卷），石家庄：河北教育出版社，2002 年版，第 228 页。

77　宋兆霖主编：《索尔·贝娄全集》（第 5 卷），石家庄：河北教育出版社，2002 年版，第 48 页。

取得好成绩的表现出的骄傲等等。但更多美国家庭中以亲情、爱情为基础的亲属关系已经解体，存在的是家庭成员之间的由于感情的、财产的和生活的问题所引发的冲突，贪婪和欲望支配着现代人的生活，真正的亲情反而被误解。《洪堡的礼物》中的西特林和哥哥朱利叶斯居住在分属于美国不同州的两个城市中，得知哥哥患心脏病需要动手术，他就在和情人莱娜达前往欧洲的路途中赶到休斯顿去探望他，不想朱利叶斯却以为他来访的目的是为了一旦发生不测而谋求分得一份财产。《赫索格》中，赫索格的妻子玛德琳不仅在婚姻存续期间背叛自己的丈夫，与格斯贝奇通奸，而且离婚后还要找律师侵吞赫索格的财产，"他们会把你这个混蛋的肠子都打上结，在你的鼻孔上放个计量器，按量向你收取呼吸费。他们会把你前前后后都锁起来。到那时你会觉得还是死了的好。"[78]而赛姆勒先生的亲戚，身为家中长子的华莱斯，在他父亲生命垂危时不管不顾，一门心思地想要找到父亲藏匿的金钱，到处乱翻一气，甚至不惜拆毁了顶楼房间里水管也没有发现任何东西，但自家的住宅却被淹成了一片汪洋。父亲临死时，他仍然在外面忙于实行他的赚钱计划，而没有想要去照顾临终的老人。女儿安吉拉在格鲁纳病危期间经常去探望父亲，但这不是出于亲情，她根本不在乎父亲痛苦与死活，而是希望通过探望让父亲修改那份因为她在墨西哥与男友度假时与人交换性伴侣的荒淫行径而取消其财产继承权的遗嘱。《更多的人死于心碎》中的玛蒂尔达则在一开始就是想借助克拉德的名誉和声望来使自己跻身于上流社会，婚后还打起了被克拉德舅舅侵占了的遗产的主意，使得克拉德不得不与舅舅撕破脸皮而对簿公堂，因此造成了舅舅的病发死亡。个人主义的价值观使得一些人不顾亲情，一味追逐自己的利益，内科医生艾德勒在自己儿子穷愁潦倒的时候不是帮助他一把，而是怨恨和厌恶他没有听从自己的安排，我行我素，以致使其陷于困顿的境地，考虑到自己晚年的幸福，他根本不同情自己的儿子，因而冷漠地拒绝了其借钱的要求，走投无路的威尔赫姆不得不发出这样的慨叹："他们崇拜金钱！神圣的金钱！迷人的金钱！今天人们已经堕落到了这样的地步，除了金钱之外，对一切事物都无动于衷了。你手中若无钱，你便是一个笨蛋，一个笨蛋！你就不得不对这个花花世界敬而远之。"[79]

---

78 宋兆霖主编：《索尔·贝娄全集》（第 4 卷），石家庄：河北教育出版社，2002 年版，第 122-123 页。

79 宋兆霖主编：《索尔·贝娄全集》（第 10 卷），石家庄：河北教育出版社，2002 年版，译序第 7 页。

大卫·哈维（David Harvey, 1935- ）在《后现代状况》中指出，现代城市，其空间形式，不是让人确立家园感，而是不断地毁掉家园感，不是让人的身体和空间发生体验关系，而是让人的身体和空间发生错置关系。著名建筑学家芒福德也认识到"大都市各种各样消极的生命力迅速地生长着。在这样的环境中被扰乱了的自然和人的本性，以破坏性的形式重现了：毒品、镇痛剂、春药、安眠药、镇静剂，都是这个恶化的状态下必需的陪伴物"，当"犯罪，丑行，凶杀，失常，恐怖，比比皆是"已然"成为现实"，"而我们还把这些誉为人性，人的特征"[80]时，都市基本上就变成异化和非人格化的场所，当放纵与犯罪成为美国大都市中司空见惯的景象时，"美国梦"也日渐蜕化为"美国噩梦"。

虽然美国在殖民地时期清教主义的思想一度流行，人们在性观念上十分严谨，严格遵守着"性关系只能在一对合法结婚的男女之间存在"这样一条约定俗成的社会准则，不管什么原因，一旦越轨，就会受到全社会的谴责。霍桑的《红字》中，海丝特·白兰与奇灵渥斯医生结婚后，跟丈夫从英国移居当时的英属海外殖民地波士顿，不料途中奇灵渥斯被印第安人土著俘虏，她不得已只好只身赴美，在孤独的生活中与牧师丁梅斯代尔倾心相爱并生下女儿珠儿。为此，她被教会审判投入监狱，出狱后又受到当众惩罚，戴着标志"通奸"的红 A 字示众。但是，后来随着美国的逐步发展和移民的不断涌入，这种局面有了很大的改变，享乐主义之风大盛：

> 清教主义的一番苦心，现在行将化为乌有。黑暗的魔鬼磨坊变成了明亮的魔鬼磨坊。为上帝抛弃的恶棍一变而为欢乐的宠儿，穆斯林后宫和刚果丛林里盛行的那些性行为的方式，在纽约、阿姆斯特丹和伦敦被解放的大众所采用……他看到启蒙运动在取得节节胜利——自由、博爱、平等、通奸！……与此同时，教会和家庭的封建联系削弱了，贵族的特权（不带任何义务）大大扩大了，民主化了，特别是性的本能的特权，不受任何禁令约束的，自发的权利，小便，大便，打嗝，以一切形式结成配偶，双方的，三角的，四角的，多角形的，一切以自然的、原始的为高尚，凡尔赛的悠闲奢华的创造才能与萨摩亚群岛芙蓉覆盖之下的色情的闲适相结合。[81]

---

80 索尔·贝娄：《洪堡的礼物》，蒲隆译，上海：上海译文出版社，2006 年版，第 540 页。

81 宋兆霖主编：《索尔·贝娄全集》（第 5 卷），石家庄：河北教育出版社，2002 年版，第 35 页。此处根据英文原本有所改动。

享乐主义盛行刺激着人们在性行为方面的混乱与放纵，但混乱的性关系也对家庭造成了不小的影响。《奥吉·马奇历险记》中西蒙在妻子夏洛特之外，还和丽妮混在一起，而丽妮却想要和夏洛特相攀比，争风吃醋，最后西蒙不得不给了她一笔钱，打发她去了加利福尼亚。经历过 50 年代思想禁锢之后，60 年代的美国迎来的是思想解放的潮流，伴随思想解放的是行动上的叛逆，性放纵也成了这一潮流的一个主要方面，"在生活中，必须给色欲以适当的地位，尤其是在一个解放了的社会之中，因为这个社会了解性的抑制和疾病、战争、财产、金钱、以及极权主义之间的关系。事实上，做爱是公民一种富有建设性的、有用的社会行为。"[82] 按照这种原则行事，使得现代美国社会生活中的一些性行为超出了道德和法律的限制，并且美国的法律规定个人和社会对自由的性行为无权干涉，而对自由性行为不加限制造成的影响则是家庭生活中存在的养情人、通奸，跟陌生人性交，甚至集体性交、同性恋等丑恶社会现象的出现，即使身为父母也管不了自己儿女混乱的性生活。

> 一旦接受了新的概念，你就再也无须担心是非善恶了。不用顾虑善恶的借口是你已经在教育上倾注了心血。你在有限的科目上努力用功，掌握了它，你便永远清醒了。你会说：'负罪感必须消亡，人类有权享受没有罪恶的快乐'。上了这宝贵的一课，你现在就能接受女儿混乱的性生活了，而这在过去会使你休克。[83]

《赛姆勒先生的行星》中的安吉拉不但和陌生人发生性关系，还在随男友到墨西哥外出度假时与他人交换性伴侣，进行性杂交。《赫索格》中主人公赫索格在未与前妻戴西离婚的时候，就有着诸多的情人：温柔体贴的日本留学生园子，迷人的旺达，女校中的开放的学生玛德琳。玛德琳是一个性欲旺盛的女人，原来属于女子学院的同性恋团体，所以她父亲把她与赫索格的相识看作是一件十分幸运的事情，"她不该再和那班搞同性恋的鬼混在一起了。她也像女子学院的许多妞儿们差不多，她的那伙朋友全是搞同性恋的。现在拜倒在她脚下的真是比拜倒在圣女贞德脚下的还多。她对你发生了兴趣，这是好事情。"[84]

82 宋兆霖主编：《索尔·贝娄全集》（第 4 卷），石家庄：河北教育出版社，2002 年版，第 220 页。

83 宋兆霖主编：《索尔·贝娄全集》（第 11 卷），石家庄：河北教育出版社，2002 年版，译序第 2 页。

84 宋兆霖主编：《索尔·贝娄全集》（第 4 卷），石家庄：河北教育出版社，2002 年版，第 145 页。

但摆脱同性恋危险的玛德琳不久就沉迷在与格斯贝奇通奸的兴奋中了，而她这种行为非但没有受到社会的谴责，她的姨妈泽尔达还认为她品行端正，玛德琳之所以要离婚的原因是赫索格的性无能，她的律师桑多·希梅斯坦想方设法地为她争取更多的财产，而同样作为受害者的格斯贝奇的妻子也对二人的通奸行为听之任之。从这些人的角度看来，在这场荒唐的闹剧中，如果说有人是错误的，那么那个人就是赫索格，因为他不能装聋作哑地容忍妻子的通奸行为。在现代美国，夫妻之间的不贞和个人生活中的性泛滥成为肢解家庭的主要力量，但整个社会都在爱与欲的矛盾中挣扎着，对此好像已经司空见惯了，所以既失明又失声，听任这种情况继续发展下去。

索尔·贝娄笔下的城市居民不仅笨拙地跌进自己挖掘的欲望的陷阱中，还无法逃避由律师、警察和法庭所组成的法网。政客、警察、律师、法官都是无视情感和原则的人，在对金钱的掠夺中，"法官律师们早已在金钱世界的中心为自己建立了强大的阵营——成了王中之王。"[85]由于美国司法审判实践实行的是陪审员制度，所以一些行为不端的律师就采用花言巧语的狡辩、公然招摇撞骗、用暴力手段恐吓证人、煽动舆论攻势等不光彩的手段为案件的当事人辩护，从而影响甚至决定陪审员的判断。在西特林夫妇的离婚诉讼中，丹妮丝的代理律师平克斯弄虚作假，向法庭出示了西特林以前发表的文章，并以此作为西特林有赚钱能力的证据。受到他的蛊惑，法官就根本不加思考地判定西特林每年要支付给妻子丹妮丝一万五千美元直至他们的女儿成年为止，另外西特林还要为这场官司支付三万元律师诉讼费，此外，由于原告限制被告外出，西特林还必须给法庭缴纳二十万元的保证金。然而，事实与此完全相反，西特林早先通过写作得到的那些金钱已经因其经营不善消耗殆尽，每年要支付的抚养费远超他的承受能力，如果真要照这么执行，从现在宣判生效到他七十岁时，他每年要有超过十万美元的收入才能够供养前妻和女儿，而这是根本不可能的。律师和法官除了助纣为虐成为雇主的帮凶外，他们中有些人还亲自行动起来，把他人出于亲情和友情对自己的信任当作获得不义之财的捷径，《院长的十二月》中，律师老梅森在芝加哥享有盛誉，然而他却把法律、工程、政治等一切活动都拿来做交易，对事件的当事人漫天要价。律师麦克西受表弟科尔德委托代其进行投资，却在获得各种授权后将科尔德的财产转移得一文不剩，

---

85 宋兆霖主编：《索尔·贝娄全集》（第 11 卷），石家庄：河北教育出版社，2002 年版，第 38 页。

因而严重地损害了自己的声誉。然而,当科尔德发表在报刊上的那几篇批评芝加哥的文章在人们中掀起波澜时,他又摇身一变,声称自己坚决反对科尔德攻击这个城市,借助声讨科尔德这位众所周知的文化教育界知名人士来引发公众对自己的关注,以重新挽回其在律师界的地位。在《更多人死于心碎》一书中,主人公的经历使我们认识到,比起核武器威胁更严重的是人类因道德沦丧而引起的心碎。法官阿曼多·契尼克一开始是作为帮凶出现的,他通过非法的手段为维里茨造出假文件,从而使其能够顺利地侵吞原本属于其外甥贝恩·克拉德的那份遗产,并且因此而获得了职位的提升。然而,在东窗事发后,阿曼多·契尼克却奇迹般地化身成了污点证人,他抱上医生拉亚蒙的大腿,名义上是揭发维里茨的不端行为,实际上则是为拉亚蒙服务,帮助他从维里茨手中夺取和瓜分利益。阿曼多·契尼克作为法律的象征,对自己之前的可耻行径非但没有丝毫的后悔,反而在无耻的道路上越走越远。律师和法官巧取豪夺,甚至与犯罪分子沆瀣一气,警察也对城市的一些犯罪行为漠不关心,理由是因为人手不够,有很多的会议、宴会、重要人物和高级将领需要他们去保卫,所以普通人的财产甚至生命安全就不在他们的考虑之列,遇上了犯罪只能自认倒霉,而赛姆勒的报警也就成为一件自讨没趣的事情。

普通美国民众居住在城市中,罪犯、窃贼、骗子和无赖也混迹其间,他们的横行霸道和狡诈无比破坏着城市的秩序与安宁。二十世纪20年代的芝加哥市是全美国罪恶的中心和匪徒的圣地,在奥吉·马奇的少年时代,匪徒和黑帮就光明正大地生活在其周围,他们嗜好暴力血腥,经常盗窃,为一些争端而大打出手,有时参与杀害黑人,无所事事时则盘桓流连于台球房、赌场、酒馆等地方,发泄他们在行凶犯罪以外的剩余精力。即使后来黑帮和匪徒不复昔日的风光了,在芝加哥这个城市中也经常发生打群架的事情,贫民区里还是凶杀不断,而且在70年代以后的芝加哥,虽然恐怖活动有所收敛,但是歹徒凶杀、种族迫害和道德败坏等情况丑恶现象仍旧大量存在着,小偷在众人目光的注视下明目张胆地将扒窃之手伸入莫福德夫人的口袋中,盗贼团伙则在光天化日里将别人的汽车轮子卸下来卖掉,即使是面对警察他们也没有丝毫收敛,文克先生佩带的手枪就被那些心存不轨的人盗走了。坎特拜尔混迹于芝加哥,在一次聚会打牌时,他和表弟联手算计醉酒的西特林,打算从他身上敲诈出一些钱财来。由于西特林对这种讹诈行径不予理会,致使自己的奔驰轿车被坎特拜尔一伙用垒球棒砸成了破烂。坎特拜尔想出一个又一个的办法来羞辱西特林,当他探听到西特林此时正焦头烂额地陷于离婚官司而他无钱可捞时，他甚至打算或者绑架法院判定的由丹妮丝抚养的女儿，或者制造一起意外的车祸来杀死丹妮丝，或者将其拖到无人的偏僻小巷中刺死。在纽约，骗子特莫金利用发大财的谎言骗走了威尔赫姆口袋里仅存的几百元钱，"是的，他总是要为人做好事，他总象是要将人们争取到自己手上并且治愈他们，他是一位衣衫褴褛的萨莉大娘，可是他不是要使人们文明化，而是要使人们提高适应能力，如果人们自己不瞻念前途，那就受骗上当了。"[86]在芝加哥，奎多·斯特朗森这个在东部靠福利救济为生的加油站工人，普兰菲尔德票证托收公司的小职员，冒充哈佛大学商学研究院毕业生和哈特福德保险公司经理，在拉萨尔大街开设了一家大的证券营业所——西半球投资公司，谎称委托猪肚、可可和金矿交易以及猎狐事业，骗取了顾客几百万美元。当人们发现一个印第安人由于受到枪击倒在邮局前边时，"男男女女，老老少少，各自依旧坐在板凳上，坐在旧汽车里，无动于衷地看着他，直到他因流血过多而死去。"[87]赛姆勒先生认识到"十九世纪诗人们的美梦污染了纽约大市区和郊区的精神气氛。在这之外，还有那些狂热分子的危险的、横冲直撞的、令人震惊的暴力行动，病情已十分深重。"[88]他在乘坐滨河大道的公共汽车时，不止一次地见到黑人青年扒窃乘客们的钱包，然而当他拨打报警电话后被警察冷漠地置之不理，对此他十分困惑，这个世界怎么了，人们为什么这样麻木不仁？他的侄女玛戈特给他解惑道：

> 这个观点是说，在这里那邪恶是没有伟大的精神的。那些人太微不足道了，姑夫。他们不过是一些下层阶级的人物，是管理人员，小官僚，或者是流氓无产阶级。一个大众的社会不会产生大罪犯，这是由于遍及整个社会的分工打破了一般责任心的全部概念。代替这种一般责任心的是计件工作。这就像没有参天大树的森林，你只能向往那些根子扎的很浅的花花草草。[89]

86 马修斯·鲁戴恩：《索尔·贝洛采访记》，郭廉彰译，北京：《国外文学》，1988 年第 3 期，第 227 页。

87 索尔·贝娄：《洪堡的礼物》，蒲隆译，上海：上海译文出版社，2006 年版，第 271 页。

88 宋兆霖主编：《索尔·贝娄全集》（第 5 卷），石家庄：河北教育出版社，2002 年版，第 36 页。

89 宋兆霖主编：《索尔·贝娄全集》（第 5 卷），石家庄：河北教育出版社，2002 年版，第 19 页。

虽然人们恐惧暴力和犯罪,但考虑到小的犯罪造成的危害不大,本着事不关己或免受更大伤害的心理,人们对这些犯罪行为一再忍让,警方也从成本学的角度考虑,对这些现象不予关注,而妥协和退让使得犯罪分子认为民众和警察机构软弱可欺,气焰更加嚣张,致使美国大城市中的各种犯罪行为更为猖獗。

索尔·贝娄说过:"尽管我一辈子都是历史学和政治学的业余爱好者,我已经清楚地意识到,在描写道德伦理堕落的城市问题上,还没有任何想象可以适应呢。所有的那些处理方法都是技术上的、财政上的以及官僚主义的方法,至今无人考虑这些生活的概念。"[90]但与统计学家和技术人员不同,他给我们描绘出的就是具有生活气息的美国大城市,在美国的城市中,有着贫与富,有着罪与罚[91],有着美好生活的回忆和现实困境的无奈,有着奋斗的心酸和成功的快乐。在美国的城市中,索尔·贝娄笔下的主人公们爱着、恨着,追求着,奋斗着,不管是成功还是失败,他们都演绎着自己的精彩人生,通过自己的经历展示着现代美国都市生活的方方面面以及大城市的文化精神。

本章小结:城市不仅仅是建筑的集合,而且是地理空间、政治与文化空间和市民日常生活空间的多重复合体,作为学者型作家,索尔·贝娄有着清醒的头脑,他不会像十九世纪作家那样简单地将城市视为畏途,而是以现代社会学家的眼光去观城、读城、写城,将现实的城市与文学城市相融合,不仅仅为读者描绘了美国都市里的生活场景,更是通过城市中人们的活动和发生的事件来发现人类心灵秘密和研究人性,提出问题,引发人们对现代都市存在问题的深入社会思考,引导人们采取措施来解决引发"城愁"的诸多"城痛"。

---

90 贝娄:《作家应追求自由的风格》,转引自王宁主编《诺贝尔文学奖获奖作家谈创作》,北京:北京大学出版社,1987年版,第442页。

91 杀害研究生的两个黑人最后终于被审判,靠不法手段获得本该由外甥继承的遗产的维里茨也成为被告。

第 7 章 从"美国性"到"普适性"
——索尔·贝娄作品引发的世界性思考

　　如果说世界的近代历史是由英国工业革命开启，并领导了世界潮流的话，那么世界的现代历史潮流则是由美国领导的，也就是说世界现代化的肇端倡始是由美国来开启的，它也因此成为整个西方世界的风向标，影响所及，遍及整个西方社会[1]。亨利·詹姆斯（Henry James, 1843-1916）曾经说过："美国与其说是一个国家，不如说是一个世界。"而世界的美国化无疑是近代以来，特别是二十世纪以来整个人类社会的非神圣化进程。作为二十世纪美国社会发展的见证人，索尔·贝娄在其作品中描绘了美国人在社会进化中出现的问题以及个人是如何进行自我选择的，其作品所揭示出的美国社会中的问题远远超越了个案性（个人）和地方性（美国）意义，成为二十世纪人类需要深入思考的共同焦点，也就对整个西方世界乃至正在步入现代化的东方国家[2]具有了普遍性的指导意义。所以，从这个角度上来说，索尔·贝娄创作的"美国性"成

1　鲍德里亚在他的著作《美国》中就把美国描述为一个模仿世界的代表：美国"既非梦想，亦非现实。它是超现实。……这里的一切都是现实而实用的，同时又是梦想之中的。或许惟有欧洲人才能看到美国的真相，因为他们能在这里发现完善的模仿。……美国人对模仿没有感觉，……因为他们自己已经是模型。"（Baudrillard: *America*, London: Verso, 1988, pp.28-29.）

2　其思想后来对日益走向现代化的中国也有着深刻影响，但其影响对象主要是西方国家和世界上的犹太裔人群，只是二者从各自的期待视野出发，对其影响接受的内容并不相同。

就了他作品的普世（适）性[3]价值。

7.1 社会发展的美国化：技术化和非神圣化

在一般人看来，技术的进步和经济的发展就意味着一个国家文化和社会的进步，对此，有些人认为未必尽然，伯曼（Howard Lawrence Berman, 1941-）在《美国文化的黄昏》（*The Twilight of American Culture*, 2000）中就认为美国文化处于危机之中，商业公司的无尽贪婪、社会上的消费狂热和反知识现象已经严重地侵蚀了文化。一个国家文化衰落之时，一个社会文明瓦解之时，有四种值得注意的现象：社会和经济地位的不平等现象越来越严重；在有组织地解决社会经济问题方面收效越来越小；文化程度、基本理解能力和一般知识水平急剧下降；精神空虚，也即缺乏文化内涵，又墨守成规。[4]而美国社会的发展以及索尔·贝娄在其作品中对其进行的描绘给全球化浪潮中正在实现现代化的东西方国家提供了一面对照自己的镜子，用来予以借鉴。

7.1.1 社会发展模式与内部冲突

一般说来，社会的发展是一个动态的过程，具有前进性和上升性，是一种从落后走向先进，从低级走向高级的社会过程。社会发展的原动力大都来自于社会的内部，由社会自身需要引起的社会矛盾推动社会的发展。按照发展模式划分，人们将社会发展划分为"经济增长"模式，"综合发展"模式和"协调发展"模式三类。从1620年"五月花"号登陆美洲大陆普利茅斯港伊始，这块土地上最早的新英格兰移民就致力于经济的发展，他们就对北美这片神奇的土地充满了信心，满怀希望地要在这片土地上开拓出一篇新天地，一方面是要为宗主国提供工业生产的原材料，另一方面也是为了满足自己的生存需要。后来为了摆脱宗主国的统治，建立一个自由独立的美利坚合众国，也要大力发展经济，解除对宗主国的工业品的依赖。建国后很长一段时间发展经济成为美国社会的主旋律，并取得了巨大的成就，但1929年10月开始的经济危机打破了这种繁荣发展的大好局面，将美国民众抛入了贫困和苦难的深渊，所以罗斯

---

3 这种普世性指的是他对于处于现代化进程中人生存状态与精神世界的关注，具有普遍性意义。

4 陈安：《美国知识分子：影响美国社会发展的思想家》，北京：当代中国出版社，2010年版，第221页。

福一经上任，就动员全社会的力量，运用政府干预的手段，大力发展经济，使美国民众逐渐从经济危机的阴影中挣脱出来，强大的经济实力，也为美国赢得第二次世界大战的胜利奠定了坚实的物质基础，并使美国可以傲视群雄，引领西方世界的潮流。可以说二十世纪前期美国之所以能够扮演了一个世界超级大国的角色，主要得益于它的强大的经济实力。并且这种实力支撑着美国的政治、外贸、文化、军事和外交，特别是二战结束后，美元以不可阻挡的势头横扫全世界，开创了全世界的"美国的世纪"，这不能不说是"经济增长"模式的功绩。

但是，盲目追求经济的高速增长，不可避免地会出现社会发展失衡现象。而社会失衡达到一定程度，就会诱发一系列的社会问题，如社会结构与经济结构不平衡，地区或个人收入差距的悬殊，经济水平与道德程度的悖谬，教育的现代化和政治民主化问题不能随着经济的增长相应得到发展，资源的浪费和环境破坏的问题，如索尔·贝娄作品中对芝加哥工厂浓烟和火光的描写。这就说明增长不等于发展，发展是一个全面的范畴，社会的发展不仅仅是一种经济现象，而是经济、政治、文化、科技和人的全面、综合整体的发展，因此，需要综合的、协调的发展使社会各个领域在相互开放的条件下，相互依存、互相促进，共同发展，只有这样，才能解决社会发展中的失衡、失调和失序问题，把当前与长远统一起来。

社会的全面和协调发展作为社会发展的理想状态，是美国乃至整个世界都在努力要实现的目标。但相对于社会内部的个体单位来说，西方社会学家认为，社会组织的所有单位都处在持续不断的变迁当中，每个社会在任何时空下，都可能有变迁的过程，社会的变迁是无时不在的，每个社会在任何时空下，均呈现出对立的冲突，社会冲突也是无时不在的，社会中的每一个要素都可能促使产生社会变迁，甚至不整合，每个社会均建立在某些成员对其他成员的压制基础之上，引起社会冲突的原因或是潜在利益，即人们没有认识意识到的、客观的利益，或是显现利益，即为人们所意识到、被当作目标来追求的利益。因此，有社会生活的地方就有冲突，冲突及其引起的变迁是正常现象，没有冲突的与变迁则是异常的现象。作为社会发展的动力，冲突能够引起社会的变革，对社会与群体具有内部整合的作用，有助于建立和维护社会和群体的身份和边界线，促进群体内部的团结，稳定社会与群体，促进形成新的群体与社会，创造新的规范和价值观念。所以冲突是一个社会中重要的平衡机制。而这种冲突，既有现实性的冲突，如洪堡的理想和赫索格的希望与艾森豪威尔政府的现实的冲突，也有非现实的冲突，即一个人不能发泄对真正敌对群体的不满，而是把一个替代群体作为发泄不满的对象，在《寻找格林先生》中联邦街的输血妈妈斯泰卡就是采用这种指桑骂槐的办法表达了对美国政府的不满。社会的发展表现为冲突与一致的交织，单有冲突，只会对社会造成严重的破坏，单有一致，社会处于平衡状态，缺乏变革的动力，也不能推动社会的发展，因此，社会发展中的人就是在这种冲突——平衡——再冲突——再平衡的不断循环中实现自我进化的。

7.1.2 现代美国社会发展的表现

经济层面上的工业化。工业化是对传统的农业时代的现代化转型，在美利坚合众国建立以前，北美殖民地的经济附属于其宗主国英国，主要是作为英国的原料供应地和工业品的销售市场而存在，对外贸易也由英国管理。为摆脱宗主国的控制和盘剥，1775 年 4 月 9 日，马萨诸塞的民兵在莱克星顿打响了反抗英国军队的第一枪，并于次年 7 月 4 日通过托马斯·杰斐逊（Thomas Jefferson, 1743-1826）执笔的《独立宣言》，经过艰苦卓绝的战争于 1783 年 9 月战胜英国，并在 1789 年 4 月建立了美利坚合众国。政治的独立为美国赢得了经济独立和发展的机会，十八世纪末，美国的工业开始启动，但是直到十九世纪初期，美国仍然是一个农业国家，1812 年第二次对英国的战争之后受到进出口管制等因素的刺激，美国东北部率先开始了以纺织业为先导的工业革命，能源和交通运输业迅速发展起来，机器化大生产代替了手工作坊，工业生产向标准化和现代化迈进，随着工业革命和现代工业的发展，到十九世纪末，美国已经成为世界第一经济强国。进入二十世纪以后，特别是经历过两次世界大战和 30 年代经济大溃败后，美国人从上到下都认识到了发展经济特别是发展现代工业的重要性，并且逐年加大对科研的投资，从而使经济在整个 50-60 年代以 4%-5% 的速度增长，保证了美国的国民生产总值和科技发展水平在其后一直稳居世界第一，特别是 1993 年以后提出了"信息高速公路"计划，高技术产业已经取代钢铁、汽车，建筑等传统产业，成为经济增长的持续动力，原子能、空间技术和电子计算机领域的不断革新使美国抢先占居了世界新科技竞争的制高点。而在经济工业化的过程中，美国政府基本上采取了以市场导向为主，适度进行宏观调控的政策。在工业化高度发展同时与之相伴的是，"在城市里，在这个世纪里，在转变之中，在人群里。让科学改造过了，被巨大的控制力量压服了。臣服在机械化所产生的环境之中，在激进的希望破灭之后，在一个分崩离析而又贬低人的价值的社会里，数字变得越来越有分量而自我变得越来越无足轻重。"[5]虽然"全世界在凝视着美国人的脸，说道：'别跟我说这些快乐富裕的人在受罪！'然而民主的富足有它自己特殊困难。美国是上帝的实验。人类的许多旧痛消除了，这使新伤更加突出更加神秘。"[6]

　　社会层面的城市化。与传统的农村相比，现代城市不仅是一种不同的物理空间结构，而且是人类生活的一种不同方式。而现代社会的发展在很大程度上是通过城市化过程以及与之相关的生产方式和生活方式的变迁来实现的。城市化指的是人口向城市集中，表现为城市数量的增加、城市规模的扩大和城市人口在总的人口中所占的比重上升。在刚刚建国后的 1790 年，美国的城市人口只有 20.2 万，占全国人口比重的 5%，十九世纪上半期，随着工业革命和交通运输网的形成，极大地便利了城市间和城乡间的经济往来，在东北部和中西部产生了一批规模较大的城市如波士顿、纽约和芝加哥等，在这些大城市之下，还有数十个人口在 2.5 到 25 万之间的城市，与那些大城市共同有机联系的城市体系，城市增长的主要动力也不再是商业而是工业制造业，美国城市开始了从"商业城市化"向"工业城市化"的转变。到了十九世纪后期，美国的城市化进入鼎盛时期，"城市边疆"推进到了西海岸，到 1900 年，全国 15 个大型城市，除新奥尔良之外，都成为全国最重要的工业城市，到 1920 年，美国的城市人口占全国总人口的 51.2%，整个国家已经实现了城市化。而在 20 年代之后，美国开始了其大都市区的发展，形成了以纽约为中心的东北部大西洋沿岸城市带，以芝加哥为中心的中西部大湖区城市带，以旧金山和洛杉矶为中心的太平洋沿岸城市带，以休斯敦为中心的墨西哥湾城市带。城市化的过程中人与人之间的关系也有所变化，形成新的城市社会关系空间，表现为社会关系数量多，异质性强；工具性关系大量存在；临时性与间断性社会互动较多，互动的主体在选择和取舍上个人自由感强。《洪堡的礼物》中的西特林在繁多的互动社会关系中，充分利用自己掌握的人脉资源，主动取舍，实现了自己的

5　宋兆霖主编：《索尔·贝娄全集》（第 4 卷），石家庄：河北教育出版社，2002 年版，第 262 页。

6　宋兆霖主编：《索尔·贝娄全集》（第 6 卷），石家庄：河北教育出版社，2002 年版，第 213 页。

价值。他在一定程度上是美国社会城市化进程中的成功者。

政治层面的民主化。民主是人类社会进步和政治文明的重要体现,它有助于保持和平与安全、维护正义和人权并促进经济的发展。亨廷顿(Samuel Phillips Huntington, 1927-2008)认为,

> 现代民主是西方文明的产物,它扎根于社会多元主义、阶级制度和市民社会、对法治的信念、亲历代议制度的经验、精神权威与世俗权威的分离以及对个人主义的坚持,所以这些是在一千多年以前的西欧开始出现的。在 17 和 18 世纪,这些传统激发了贵族和正在兴起的中产阶级要求政治参与的斗争,并造就了 19 世纪的民主发展。[7]

民主化则是一种政治变革的过程,是一个国家从不民主走向现代自由民主,使自由民主成为社会现实的过程。民主化涉及对公民权利和自由的规定与保障,涉及建设民主政治所需要的经济制度、政治文化、社会条件等。美国是世界第一个民主宪政制度国家,也是世界上目前最完善的民主制国家。宪政是指一种在宪法之下使政治运作的理念或理想状态,它要求政府所有权力的行使都被纳入宪法的轨道并受宪法的制约。宪政的实施首先要限制政府的权力,司法、立法和行政三权分立,相互独立、互相制衡,同时要保障公民的权利,并规定公民的义务。宪政是民主制度的基础和保障,同时也是对民主政治的制衡。宪政的根本作用在于防止政府(包括民主政府)权力的滥用,维护公民普遍的自由和权利。美国在 1787 年制定第一部宪法时就规定了公民应享有的各项自由权利,而美国经济的发展有效地推动了美国社会的民主化进程,教育和科技的发达则培育出大量高素质的人才,使他们成为具有民主意识的参政者。赫索格、科尔德等人虽然在现实生活中受到排挤,但毋庸置疑的是正是因为有他们这样的人存在,才能够推动美国民主化的发展,也正因为他们生活在美国这个尽管还不完善但充满"民主"氛围的国家中,即使遭受攻击,他们也不会像在专制统治制度下那样遭到人身毁灭,更不会像米娜那样在罗马尼亚想探望病危的母亲而不被政府允许。

文化层面的世俗化。世俗化一般来说是与宗教化相对应的,指人们从宗教、神灵等超自然崇拜的控制中摆脱出来的一种关注世俗生活的价值取向。在

---

7 亨廷顿:《第三波——20 世纪后期民主化浪潮》,刘军宁译,上海:上海三联书店,1998 年版,第 5 页。

西方的历史上,科学技术的发展使得人们能够更好地了解自然和改造自然,从而降低了宗教在人们心目中的地位,经历了两次世界大战的浩劫之后,科学与理性精神日益成为美国主流文化价值观念,早已从早期清教主义那种严苛的思想中摆脱出来的美国人在近现代社会中更为关注世俗社会现实的切身利益,正如马克斯·韦伯(Maximilian Karl Emil Weber, 1864-1920)所说,"宗教的根慢慢枯死,让位于世俗的功利主义"。面对精神信仰与个人利益的选择时,绝大多数人重视个人利益,强调的是实现个人价值,维护个人尊严和追求个人幸福。"美国对人类精神是个严酷的考验。如果它使每一个人都受到挫折,我倒不惊讶。某种更高的权力似乎仍在渺溟之天,灵魂的有知觉的部分依恃其物质便利在一意孤行。"[8]现代美国人虽然有自己的宗教信仰,但他们却亵渎教义,过着与宗教精神相悖的生活,赫索格的第二任妻子玛德琳是个犹太人却成为一个天主教教徒,每个礼拜都要到教堂去做祈祷,但现实中她却与格斯贝奇通奸,为了确保这种行为的长期性甚至不惜让医生和警察采取行动,使赫索格"被精神病"。文化上大众文化在传统的精英文化、上层文化之外发展起来并大行其道,它能够使普通大众获得感性愉悦并融入生活方式之中,在大众文化中,禁欲主义被人们彻底抛弃,生存快乐和消费主义则被广泛接受,"艺术家里出资本家倒是个意味深长的幽默想法。美国决定用金钱来测定美学上的矫饰程度。"[9]

观念层面的理性化。人并非生而符合人的本性,只有在理性指导下才能认清自我并得到发展,也就是说,未经理性审视的生活是没有价值的。社会发展的本质是理性化,而理性化是指用理性作为一切个人行为、社会行动以及政治权力正当性和合理性的根据的过程。现代工业的革命依赖于科学技术的发展,而科学技术本身就是理性化的产物。社会的理性化有利于人类社会从神秘主义主宰下逃离出来,进入科学主义盛行的时代,"在我们这个时代,上帝已经从我们可视的外部世界引退了……世间万物仍是如此这般的精美,一如神的旨意,但神的精神已不在其中起作用……我们大家顶礼膜拜的人类智慧,固然能带来自然科学的进步,而且,这种科学也是伟大的,但仅仅这点是不完美

---

8 宋兆霖主编:《索尔·贝娄全集》(第6卷),石家庄:河北教育出版社,2002年版,第481页。

9 宋兆霖主编:《索尔·贝娄全集》(第6卷),石家庄:河北教育出版社,2002年版,第487页。

的。"[10]美国二十世纪下半期的电子通信技术、外太空开发计划、信息和计算机技术的发展无一不依赖于理性的科学研究。当然，科技的泛化也带来了一些问题，如二十世纪50年代以后美国科技至上的社会倾向对浪漫主义和诗的伤害，虽然现代真正的知识应当是科学的世界观的垄断，排除一切想象进入客体，诗被拒绝成为知识。但是，"难道在重要的知识发展时，诗真的会落在后面吗？难道思想的想象形式真的属于人类的童年时代吗？"[11]而洪堡那样一个杰出的人，就是因为慑于理性的正统观念，而且因为他是一个诗人，所以就丧送了自己的性命。社会的理性化有利于人们从德性至上发展到功利诉求，这是伦理价值取向与社会现实适应的过程。德性至上就是在伦理中坚持义是善的化身，利是恶的根源，在义利的道德评价中重义轻利，重视道德生活，轻视物质生活，从而抑制人们对物质的需求，但随着经济的发展和社会的转型，功利主义逐渐成为社会的主导性价值取向。功利主义注重后果，只根据行动的后果去评判行动的对与错，其他一切对错无关紧要。功利主义注重快乐，在评估行动后果的好坏时，唯一重要的依据是后果所导致的幸福与不幸的数量。功利主义的盛行使得现代美国人以务实的态度去对待事物，积极追求自己的幸福，但后果决定论也使得人们只对行动的后果做正当与否的评价，而不追究行动的动机，更不要求人们具有与人格和生活习性内在一致的美德。按照功利主义原则的后果决定论来说，洪堡是一个不折不扣的失败者，而芝加哥的混混坎特拜尔则是成功者，虽然他耍阴谋诡计，结伙闹事，到处敲诈，但他能够获得物质利益，甚至能让一个女博士死心塌地地做自己的女朋友。社会的理性化使得人们从重视亲情转向崇尚契约。在现代社会活动中，人们越来越理性化行事，淡化情感性行为，把人彼此当作外人看待，虽然契约精神包含自由、平等、公正、法律约束等观念，具有明确的操作性，但它同时也割裂了人与人之间的血缘和亲情，造就了一个"陌生人的世界"。美国诗人肯明斯（E.E.Cummings, 1896-1962）就曾经指出，城市化是科技进步的结果，它给这个世界带来舒适的生活，但同时也摧毁了传统的伦理道德以及和谐的生活，人们变得利益至上了。所以，在进入二十世纪下半期以后的美国社会中，很难再出现西蒙和马奇兄弟之

---

10 宋兆霖主编：《索尔·贝娄全集》（第11卷），石家庄：河北教育出版社，2002年版，第70页。

11 宋兆霖主编：《索尔·贝娄全集》（第6卷），石家庄：河北教育出版社，2002年版，第458页。

间互相帮助的情况，而威尔赫姆父子之间冷漠的关系则成为美国社会生活的常态。

7.2　美国自由主义精神与自我选择

许多学者在研究索尔·贝娄所受的文化影响时，通常将之归结为三大根源，即希伯来文明、欧洲文化特别是俄国文化、美国文化，说他受希伯来文明的影响主要是考虑到他是个犹太人，从家庭生活到宗教思想无疑会受到影响，而谈及欧洲影响时人们讨论的最多的是他受到法国存在主义哲学、俄国托洛茨基的政治思想和契诃夫、妥斯陀耶夫斯基创作观的影响。但在个人面对社会如何做出自我选择方面，索尔·贝娄在前期的创作中肯定是受到了萨特存在主义的影响，因为青年时代的索尔·贝娄曾经是萨特的忠实拥趸，所以他的前两部长篇小说《晃来晃去的人》和《受害者》的主人公在进行自我选择时明显表现出了存在主义思想的影响。

存在主义的目的不是使人进入焦虑绝望之中，而是"自为的存在"，强调一个人要有所行动，他应该选择他愿意选择的，人需要的是去重新发现他自己，去了解没有什么东西能够从他的自身中拯救他。存在主义给人物提供一定的环境，让人物在特定的环境中选择自己的行动，造就自己的本质，表现自己的性格和命运。但他们都是将作品的主人公置于"极限境遇"中，那种对抗是不可调和的。而索尔·贝娄作品中的人物是美国社会中的普通人，他们很少是处于"极限境遇"中的，他说，

> 我不认为我已经描绘了任何真正完美的人物；在我的小说中，没有一个完人。现实主义不让我这样做。我愿意描绘好人。我渴望知道他们是谁，是干什么的，以及他们的环境如何。我常常描写这样一些人物，他们想获得美德，但又似乎无法在具有任何意义的范围内得到它。我也是这样，而且常常因此而自责。[12]

由此看来，索尔·贝娄虽然曾经受到过法国存在主义的影响，但他更多接受的是美国个人主义和自由主义思想的影响，所以他作品的主人公面临的选择往往不是具有激烈的冲突性的，因而在行动上往往会"妥协"，但这并不影响他

---

12 马尔科姆·考利编：《作家在工作：巴黎评论访问记》，瓦伊金出版社，1967 年版，第 191 页。

们的本质。

美国的个人主义思想源于基督精神的理性原则及对个人自主的追求，个人主义是美国价值的核心，早期移民到北美洲新英格兰的清教徒为了反抗宗主国英国的控制，形成了强烈的个人意识和反权威的传统，而北美一个半世纪的殖民时期的控制与反抗的斗争形成了美国人处世的基本特征：追求个人自由，维护个人权利，强调机会均等，这是在当时殖民地具有充足的发展机会而宗主国派驻的政府人员权力薄弱双重作用下养成早期美国人的性格，而这种性格一旦养成就决定了美国的立国方向，所以在 1776 年发表的《独立宣言》中明确提出天赋人权，人人平等："我们认为这些真理是不言而喻的：人人生而平等，造物者赋予他们若干不可剥夺的权利，其中包括生命权、自由权和追求幸福的权利。为了保障这些权利，人类才在他们之间建立政府，而政府之正当权力，是经被治理者的同意而产生的。当任何形式的政府对这些目标具破坏作用时，人民便有权力改变或废除它，以建立一个新的政府；其赖以奠基的原则，其组织权力的方式，务使人民认为唯有这样才最可能获得他们的安全和幸福。"正是因为从国家整体的角度尊重个人自由和权利，所以美国反对增强国家权力，而强调个人主义，

> 作为一个由移民（他们拒绝欧洲的等级制、教会和固定的阶级体系）构成的、并在一次拒绝帝王与祭祀的联盟与统治的大革命中形成的新社会、新国家，美国的核心意识形态是反国家主义、个人主义、平等和民主。它歌颂在道义上直接对上帝负责的移民先驱者和新教徒。对反国家的个人主义的强调（它界定了十九世纪的美国主义），在今天依然不减当年。[13]

而"个人主义"这个概念最先是由法国政治学家、思想家托克维尔在《论美国的民主》一书提出的，他说"个人主义是民主主义的产物，并随着身份的扩大而发展。"[14]由于美国"没有经历民主革命而建立民主制度"，所以美国人"是生下来就平等而不是后来才变成平等的，"[15]"美国人不是把个人主义看作一个缺点而是看作一个近乎完美的品德，它代表创造性、开拓性、积极进取精神

13 *Talcott Parsons, Politics and Social Structure,* NewYork: Free Press, 1969, pp.258-259.
14 托克维尔：《论美国的民主》，董果良译，北京：商务印书馆，1991 年版，第 626 页。
15 托克维尔：《论美国的民主》，董果良译，北京：商务印书馆，1991 年版，第 629 页。

以及不向权威屈服的自豪因此个人主义通常产生骄傲感，美国人认为它是美国文明独特的、最吸引人的地方"。超验主义者爱默生同样认为个人主义是现代社会的产物，

> 这个时期的特点看来是思想的自我觉醒，人变得富于反思和心智发达，产生了一种新的意识。祖辈们都是在这样的信念下行动的：社会的辉煌繁荣是所有人的至福，故而一贯为国家牺牲公民。现代思维则相信，国家是为个人而存在的，是为了保护和教育每一个人。在革命和民族运动中已经粗略表现出来的这一观念，到了哲学家的思想中便变得更为精确了，那就是：个人即世界。[16]

爱默生的个人主义哲学思想提倡人的精神性，认为精神和灵魂才构成人的本质，"世上唯一有价值的东西是活跃的心灵，这是每个人都有权享有的。每个人自身都包含有这棵心灵，尽管多数人的心在于受到了滞塞，有些人的心灵还没有诞生。"[17]此外，个人主义包含着对个性的尊重，"人不是造得像盒子那样……千篇一律的，一样的向度，一样的能力；不是的……每个人都有一种不可估量的性格和无限的可能性。"所以，"谁要做个人，必须做一个不迎合者。"[18]要实现作为人的更高的价值，每一个人都要做一个有思考能力的人，一个富有独创精神的人，并为达到这一目标而不懈努力。

十九世纪末期，美国已经完成了工业革命，资本和生产日趋集中起来，造成了美国个人自由的机会不断减少，工业革命的结果使得旧式的个人主义名存实亡。美国社会的资本主义性质决定了它的社会主导价值观念，它虽然极力地强调个人成就，但实际上，美国社会中流行的是以事业成就、经济地位和享乐至上来衡量每个人的人生价值，个性日趋湮没在社会性当中，实用主义者注意到了生产的社会化与个人主义追求个性之间存在矛盾冲突，机械化、标准化的工业文明造成了越来越多的趋同与合并，严重地破坏了个人独立自由的感觉，形成了人们的困惑，在这种情况下，就要求个人与社会之间保持一种健康的平衡关系，既尊重个人的自由与权利维护个人的独创性和不可替代性，同时要注意到人的社会本质，实现社会性与个体性的统一，使个人意识到自己是社

---

16 Perry Miller, *The Transcendentalists*, Harvard University Press, 1978, p.494.

17 爱默生：《爱默生集》，吉欧·波尔泰编，赵一凡等译，北京：三联书店，1993年版，第68页。

18 Stephen E. Whitcher ed. *Selections from Ralph Waldo Emerson*, Houghton Mifflin Company, Boston, 1960, pp.95,149.

会的一员，个体行动是社会调整过程的一个很小的组成部分，个人、他人和社会环境三者是相互制约、相互决定的。美国社会不是由众多个人组成的单纯的聚合体，而是一个在众多个人积极作用下不断调整的发展过程，因此，社会与个人不是对立的，在现代工业化社会中，要反对极端的、放任的个人主义。

索尔·贝娄作品中的主人公具有强烈的自由主义精神，美国的自由主义是和个人主义密切相关的，无论是古典自由主义还是罗斯福新政后的现代自由主义，它们关注的中心都是个人自由和权利的最大化，自由主义者视个人自由为最大价值，这包括经济的自由、政治的自由和思想的自由。但是现代资本主义的发展，特别是工业化和城市化的逐步拓展，使得大众逐渐被强大的经济权力和意识形态所控制，不由自主地走上工业化社会的规定的发展道路。在这个发展过程中，标准化的工业产品大行其道，它所要达到的目的是要取得特权，要求民众"强制性消费"，把不属于人的本性的物质需求和享受无限度地刺激起来，灌输自己的支配意志，使人们把这种"虚假的需求"看作是"真正的需求"而无止境地去追逐，在这个过程中，工业化社会强大的整合力量把个性风格压缩到了极低的地步，个人如果不做出顺应社会潮流的选择，就意味着他将会被整个社会驱逐出去。而在个人为了保全自己的社会存在而进行的迫不得已的选择中，"人失去了否定性思维的力量、理性批判的力量"，社会变成了单向度的社会，人变成了"单向度的人"，单向度的思想和行为模式造成个人在经济、政治、文化等方面都成为物质的附庸。

面对现存秩序和工业文明中的不公正不平等，兴起于二十世纪60年代的美国新左派提出他们的自由主义思想，即经济自由是免于每天做生存斗争，政治自由是把个人从个人无法有效控制的政治中解放出来，思想自由是从公众新闻工具机器说教的吸引下恢复个人原来的思想，废除公众舆论及其制造者。不得不说新左派切中了现代美国社会和整个资本主义社会的病症，但他们提出的解决方案却不切实际，因此，在面对同样的困惑时，索尔·贝娄和他作品中的主人公们进行了深入思考，但并不寄希望于新左派的解决办法。

根据人们承担社会角色的心理状态可以将个人社会角色区分为自觉的角色和不自觉的角色。贝娄在作品中给我们展现了一个异化的世界：在二十世纪的美国社会物质至上，拜金主义思想的风行使人们疯狂地追求物质所得，十分关心自己的利益，认为只要有钱，什么事情都可以办到，为此，人们不惜消泯了自己原有的鲜明个性，牺牲了自己可贵的自由。在这个社会里，金钱物质影响着人们的前途和命运，左右着人的自尊、幸福、爱情婚姻和家庭生活，著名的诗人洪堡穷困潦倒，悲惨地死去；严肃高尚的诗已经被人们所淡忘，而不经意的游戏之作却能轰动世界，知名作家西特林在情场上成了丧葬承办人的手下败将，而流氓阿飞却可以娶女博士做老婆，只要你有了钱，现代医学技术可以把人的心脏像修理马达一样关闭修理，如此种种。商业文化已经无孔不入地渗透到人们日常生活的各个方面，"我们日常生活已经恶作剧到这步田地，我们全神贯注的事物竟是如此低级，语言竟然是如此粗俗，文字也是这样迟钝乏味。我们已经讲过那些愚蠢、沉闷的事情，高级天使只能听到喋喋不休的唠叨，含混不清的胡话和电视广告——诸如此类低劣不堪的事物。"[19]索尔·贝娄认为，由于对感情和精神世界的开掘不力，现代美国社会中普遍存在着一种弱化人的本质的幼稚病，这种幼稚病反映出的是美国人精神上的不成熟。"几乎没有一种精神上的、使人崇高的性格被美国现代的社会机构引入到现代美国人的生活中来，这种性格必须依靠个人的经验去发掘，靠他作为一个探险者的运气去探索，否则就毫无作为。社会给他（美国人）吃，给他穿，在一定范围内保护他，他是社会的婴儿。如果他接受了这种'婴儿状态'，他也许会感到满足。但如果有着更高功能的思想感情触及到他的话，他就会深感不安。"[20]正因为清醒地认识到了现实，所以，索尔·贝娄告诉我们，

> 现在居于中心地位的到底是什么呢？不是艺术也不是科学，而是人类在混乱与默默无闻中要决定究竟是坚持生存下去还是走向毁灭。全人类——每一个人都不例外——都卷入了这一行动。在这样的时刻，最重要的就是要我们轻装上阵，放下各种包袱——教育的桎梏和思维的惯性，以此操纵自己的命运，做我们自己。人类应该团结起来为自己的自由而抗争，不要让泯灭的人性占据自己的灵魂。[21]

在这里，索尔·贝娄希望人们去做一个自觉的非功利性的表现性角色，做一个能够维护良好的社会秩序，表现社会行为规范、价值观念、思想道德为目的的社会角色。但美国现代社会整体的价值观念与思想道德并不契合甚至是相冲

---

19 索尔·贝娄：《洪堡的礼物》，蒲隆译，上海：上海译文出版社，2006 年版，第 301 页。

20 索尔·贝娄：《我们走向何处》，转引自王军、邱安昌《美国文学思想新编》，长春：吉林人民出版社，2006 年版，第 530-531 页。

21 索尔·贝娄：《诺贝尔奖受奖演说》，《索尔·贝娄全集》第 14 卷，石家庄：河北教育出版社，2002 年版，第 121 页。

突的，它对社会秩序有迎合的一面同时又可能对社会秩序造成破坏。在适应社会的过程中，人们往往会自觉不自觉地扮演了一个功利性的社会角色，虽然说只要不是建立在损坏他人和社会利益的基础上，功利性的社会角色也无可非议，但大多数情况并非如此。

正如前面我们在第一章中提到的，从社会学和实用主义哲学思想出发，索尔·贝娄并不否定个人为追求成功所做的一些努力，他在作品中写到了人性的自私自利，但是，自私是人们维护自身生存、奋争、进取的原动力，是人类自古以来发明、创造的源泉，是促进社会生产力不断革命的积极性的力量，是社会不断向前发展不断进步的根本动力；可以说，人们正常正当的自私（不妨害他人的自私）是人类文明进化的基石。他的作品中不乏个人对金钱的追求的描写，这是不能一概否定的，拥有金钱的多寡能够造成个人境况的大起大落，正是在这样的情况下，美国人对金钱的崇拜表现得相当直露，因为拥有金钱的标准几乎就是美国社会中衡量人的社会地位的唯一标准，因此，即使他作品中的理想化的人物洪堡也无法掩饰自己对金钱的向往，希望自己能够拥有金钱使得生活无忧无虑，其作品中的其他人物也都非道德上的君子，因为他们都需要生活下去的资本。

索尔·贝娄通过对作品中人物的刻画，对美国的个人主义和自由主义进行了反思，通过作品人物的命运遭际提醒人们不要使个人主义和自由主义走向自己的反面，使自己在暴力、欺骗等无所不用其极的卑鄙手段中迷失自我。同样他也为读者提供了自觉的角色形象，《奥吉·马奇历险记》中的马奇和《雨王汉德森》中的汉德森用他们的行动给我们证明了这一点。如果按贫富程度分类的话，奥吉·马奇和汉德森绝对属于两类人，马奇生长在单亲家庭，一生都在和贫穷进行着斗争，而汉德森出身富豪之家，祖辈曾经是政界的显赫人物，父亲是知名学者，他自己受到过很好的教育，硕士毕业，是三百万美元遗产的唯一继承人。但从他们的社会角色定位来看，二者又是同一类人，那种为了自己心目中的理想而不断追求的人。作为百万富翁的汉德森在物质的富足中每每感受到的是精神的空虚，他发现自己每天都悬空吊在富裕和安适之中，却看不出自己应该享受此类生活的权力和理由，因此，他经常为不能明确自己在生活中的位置而痛苦不堪。于是，在二战期间，年近不惑的他毅然决然地入伍参军，在前线的战斗中因踏上地雷而被炸伤，虽然受到了奖赏，但战后退伍的他除了肉体上留下的创伤外，在精神上仍处于困惑之中，他的灵魂被那贪得无厌的声音"我要！我要"所咬啮："我是谁？一个家财万贯的流浪汉，一个被驱逐到世上的粗暴之徒，一个离开了自己祖先移居异国的逃亡者，一个心里老叫唤着'我要，我要'的家伙——他绝望地拉小提琴，为的是追寻死者的声音，他必须冲破心灵的沉寂"。[22]他对自己目前的生活厌烦得要命，无论是养猪、用蛮力劈柴还是在地下室中拉小提琴，都难以平复他心中那"我要，我要"的呼声，于是他离开富裕的美国，远行到广袤的非洲大陆，走向原始森林中的狮子与酋长，去寻找自己的精神出路和生活意义。为了给非洲阿内维族的居民清除青蛙带来的灾害，他用猎枪子弹里的火药制成炸弹，炸死了那些青蛙，但同时也炸塌了池塘，摧毁了这里的唯一水源，反而造成了更大的灾难。即便如此，汉德森也并未停止自己探索的脚步，经过一系列的冒险和荒唐行动后，他搬动了巨大的门玛雕像，为部落居民们带来了降雨，因而成为瓦利利部落崇拜的偶像——雨王圣戈，受到全部落人的爱戴。此前，他从来没有想到人的智慧和尊严必须到狮子的兽性中去获得感染和苏醒，以致得到精神上的解脱，重新确立人的价值。正是在这看似颠倒的过程中，这位有心造福于人的"探索者"终于得到精神上的解脱和领悟，认识到"人不能单独地生活，而应该兄弟般地生活。"回荡在他耳边的"我要！我要！"变成了"他要，她要，他们要。"还要把"要"改变成"爱"，通过爱他人来实现自己的价值，使自己的生存有益于社会中的其他成员，这样，汉德森生命的意义就在他艰难的非洲旅行过程中凸现出来。虽然他清楚地知道，"我们应该认为高尚的品质是不真实的。然而事实上恰恰也是如此。幻想站在另一只脚上。人家要我们以为我们总是在渴求更多的幻想。唉，我是根本不渴求幻想的。"[23]但对他来说，自己的这次非洲旅行绝对是大有收获的，"旅行是精神的旅行……我们称作现实的东西是悬而未决的……事实的世界是真实的，对，没有改变。物质的东西都摆在那儿，属于科学。但同时又有精神的独立部分。在那儿我们不断进行创造。"[24]

从找不到自己在生活中的位置到确定有益于他人的社会角色，立志行医，汉德森经历了一次精神上的洗礼和灵魂的蜕变，所以，他才能够认识到原始的

---

22 索尔·贝娄：《雨王汉德森》，诸曼译，上海：上海译文出版社，1986 年版，第 85 页。

23 王军、邱安昌：《美国文学思潮新编》，长春：吉林人民出版社，2006 年版，第 533 页。

24 王军、邱安昌：《美国文学思潮新编》，长春：吉林人民出版社，2006 年版，第 533 页。

文明不能完全移植，必须直面事实的世界，在此基础上通过个人的努力使它有所改变。面对纷繁的世界，只有简朴、真实的存在——真诚，才有可能有自由，才能衡量人的价值力量和精神能力。因此，寻找自我的反抗并不是空洞的反叛和走向绝对自由，为避免陷入虚无主义，对自我生命价值和社会灵魂的寻找，既要有坚定而单纯的目标，又能够接受必要的限制因素。

7.3 适意人生与生态性发展：索尔·贝娄作品的世界性意义

索尔·贝娄在其作品中通过对主人公的刻画描写，给我们指出一个人要真正的实现自我，应该追求的是一种适意人生，而非一味地以追求金钱和满足物欲享乐为目的，但现代工业社会过剩的生产和刺激消费欲望，对纯感觉性娱乐方式的怂恿和一些骗人的自由却把人变成了单向度的人。单向度概念源于法兰克福学派马尔库塞的力作《单向度的人：发达工业社会意识形态研究》，马尔库塞认为，发达工业社会成功地压制了人们心中的否定性、批判性、超越性的向度，使这个社会成为单向度的社会，而生活在其中的人就成了单向度的人，这种人丧失了精神自由和创造能力，只知道物质方面的享受却丧失了精神上的追求，充满物欲失去灵魂，对社会只有屈服顺从而没有丝毫批判精神。在马尔库塞看来，当代西方资本主义社会是极其富裕的社会，技术有了极大的进步，社会生产力得到极大发展，人们的物质需求也能够获得极大的满足。但是，这种需求的满足只能在外在上体现社会的繁荣进步，但并不能给人带来内心的满足感和幸福感。他指出，有必要对需要的真实与虚假进行分辨：

> 为了特定的社会利益而从外部强加在个人身上的那些需要，是使艰辛、痛苦和非正义永恒的需要。是'虚假的'需要。满足这种需要或许会使个人感到十分高兴，但如果这样的幸福会妨碍（他自己或旁人）认识整个社会的病态并把握医治弊病的时机这一才能的发展的话，它就不是必须维护和保障的。因而结果是不幸之中的欣慰。现行的大多数需要，诸如休息、娱乐、按广告宣传来处世和消费、爱和恨别人之所爱和所恨，都属于虚假的需要这一范畴之列。[25]

---

25 马尔库塞：《单向度的人：发达工业社会意识形态研究》，刘继译，上海：上海译文出版社，2008年版，第6页。

　　诚如马尔库塞所说,虚假需要的满足不是幸福,而是不幸之中的欣慰。但对物质财富即金钱的追求成为美国社会不容置疑的事实,人们的需要得到满足,生活安定富裕,在这种状态下很容易为现存社会制度所驯服,盲目地按照外界宣传去追求物质需要,所以索尔·贝娄才对个人的精神自由问题感兴趣,并在自己的作品中深入思考了这个问题。在现代社会中,绝大多数所追求的只不过是一种虚假需要,随心所欲的买买买、对五花八门的世俗所谓成功的追求、各种攀比炫耀等等,都是虚假的需要。这些虚假的需要是现代广告传媒业和商业营销业通过电视、电台、电影等传播媒介暗示和强加给人们的,是现代社会消费主义、一切商品化的后果。这些非本质的虚假的需要蒙蔽了人们的双眼,阻塞了人们的心智,局限了我们视野,僵化了人们的思维,异化了人们的心灵。在虚假的需要得到满足后人们便安于统治,迷失自己,失去对现实的反思和批判,这不是他所希望的适意人生。之所以提适意人生而不是适宜人生或诗意人生,是因为那两种人生状态都具有模糊性,适宜人生对一些人来说可能就是虚假需要的极大满足和对金钱财富的追求和享乐,而诗意人生又有可能要求人们脱离物质需要而片面地追求自我精神自由,具有一种高高在上的姿态,从而少了些人间烟火气,而适意人生则是在尊重人们满足其基本物质需求的基础上要求人有一定的精神追求,就像索尔·贝娄作品中的奥吉·马奇和汉德森一样,贫贱不能移,富贵不能淫,尽管人生中有诸多坎坷,社会上有各种限制,在追梦路上依然要勇往直前。

　　索尔·贝娄的作品只所以具有普适性的意义还在于他在自己的作品中描写了美国发展过程中存在的诸多社会问题以及个人在社会发展中应该如何自我选择,而后来西方国家的发展阶段与美国有许多相似之处,那么在相似的发展阶段如何避免美国社会发展中的问题呢,索尔·贝娄在其作品中给他们提供了前车之鉴,而东方国家虽然后发,但借后发优势,也以加速度的方式追赶上了西方国家,在一定程度上实现了社会经济的现代化,甚至在这些国家的某些区域完成了后现代变革,对他们来说,索尔·贝娄的作品更具有警世的作用,如果能够借鉴,就能够避免重蹈美国社会发展中的覆辙,使自己的国家健康稳步地发展。

　　在美国社会的发展过程中,以技术主义和工具崇拜为价值观的工具理性曾在很长时间内占上风,技术甚至成为一种隐蔽性的意识形态,它不仅决定着社会需要的职业、技能和态度,而且决定着个人的愿望和需要,"对现存制度来说,技术成了社会控制和社会团结的新出、更有效的、更令人愉快的形式,"

26 "技术的合理性已经变成政治的合理性。"27当工具理性上升为一种政治理性的时候,工具理性就成为一种极权统治和宰制力量,人们就必须服从于它,因而也就失去了自由、自我,无法决定自己的生活。"抑制性的社会管理愈是合理、愈是有效、愈是技术性强、愈是全面,受管理的个人用以打破奴隶状态并获得自由的手段与方法就愈是不可想象。"28于是,自己要决定自己生活的洪堡被挤出文化生活圈子,甚至连学术生活圈子里也无立足之地,他的消失证明了工具理性力量的强大,那么服从这种力量的西特林又怎样呢?他可能有一时的幸福感,但时间一长,他就认识到了这种理性的荒唐之处,成为这种理性的受害者。所以,在工具理性的实践过程中,美国是一个成功的榜样同时也是一个失败的榜样,把理性强加于整个社会是一种荒唐而有害的观念,索尔·贝娄以先觉者的聪慧和文学家的社会责任感为我们描绘出了这种观念统治的社会现实。

在工具理性上升为一种政治理性时,它甚至发展成为一种极权,渗透到生活的方方面面,使社会完全趋向于一种同一化,抑制着人的自由发展,使人处于一种奴役状态、异化状态,成为新的奴隶,技术"使整个的人——肉体的和灵魂的——都变成了一部机器,或者甚至只是一部机器的一部分……整个的人——他的智慧和感觉——都变成了一个管理对象。"29在美国、在西方,被工具理性管理的首先是知识分子,他们被要求认同资本主义社会的肯定文化即资产阶级时代按其本身的历程发展到一定阶段所产生的文化并接受它。而在东方发展中国家,则是企业主对普通员工的不合理压榨,如加班意味着企业的繁荣和员工的福利,996 是福报等,"在技术的面纱的背后,在民主政治的面纱的背后,显示出了现实:全面的奴役,人的尊严在作预先规定的自由时的沦丧。"30一个健全的社会应该为人们创造物质基础和文化基础来满足个人的

---

26 马尔库塞:《单向度的人:发达工业社会意识形态研究》,刘继译,上海:上海译文出版社,2008 年版,导言第 6 页。

27 马尔库塞:《单向度的人:发达工业社会意识形态研究》,刘继译,上海:上海译文出版社,2008 年版,导言第 7 页。

28 马尔库塞:《单向度的人:发达工业社会意识形态研究》,刘继译,上海:上海译文出版社,2008 年版,导言第 8 页。

29 马尔库塞:《工业社会和新左派》,任立编译,北京:商务印书馆,1982 年版,第 90 页。

30 马尔库塞:《工业社会和新左派》,任立编译,北京:商务印书馆,1982 年版,第 90 页。

合理需要，使个人能力得到充分的发展，而不是让过度生产和消费压倒一切，牺牲个人真实的、多样化的需要，无限制地刺激个人的物质需要和享乐需要，使人们沉溺在对外物、功利目的和低俗欲望的满足中，从而失去个性，失去自主力，失去反抗和否定能力，用抑制个人的发展去满足社会的发展和经济的增长，但这种发展和增长是畸形的。

工具理性的专横还表现在城市的发展上。城市发展，是指城市在一定地域内的地位与作用及其吸引力、辐射力的变化增长过程，是满足城市人口不断增长的多层次需要的过程，包括量的扩张和质的提高。量的扩张表现为城市数量的增加和规模的扩大，即城市化水平的提高；质的提高则表现为城市功能的加强，现代化水平的提高。美国是高度城市化的国家，早在十九世纪它就开始了从农业经济向城市社会的转变。工业化的推进以及国内市场的不断扩大使美国的城市数量迅速增加、城市规模也逐渐扩大。城市化的迅速发展切实促进了美国经济的长远发展，带动了服务业、畜牧业和工业资源的集中、生产规模的扩大、经济结构的转型。但城市发展过程也带来了一些新的社会问题，首先表现为快速城市化造成的环境恶化，城市的无序建设和城市规划上缺乏长远眼光，使得自然生态遭受灭顶之灾。如芝加哥等屠宰场和毛皮、肉类加工中心城市，存在着臭气熏天、血水横流、动物排泄物和死尸随意丢弃的现象，而钢铁厂排放的浓烟也严重污染着城市的空气。除自然生态以外，城市的人文生态也遭到破坏，好的城市发展离不开好的城市规划，一个城市的规划应该有长远性，不能在建成后的不长时间就需要拆掉重建或废弃掉，另外城市的发展应处理好新与旧的关系，不能在工具理性的支配下对具有重要意义的旧建筑不假思索地一扒了之，使城市的历史只能存在于人们的记忆中，而无法得到现实的呈现，这些在索尔·贝娄的《奥吉·马奇历险记》和《洪堡的礼物》中都有所描绘。

无论是个人的发展还是社会的发展，都应该处理好社会发展与自然环境，社会化发展与历史传统保存，个人社会实现与社会进步的协调，物质需要与精神需求的统一等方面的问题，这些问题在美国社会发展过程中都曾经出现过，索尔·贝娄将它们生动地描绘出来，就是要向人们表明完全靠工具理性支配的社会不是一个正常的社会，无论是对个人还是对整个社会来说，都应该走一条可持续发展的生态化发展之路，美国如此，其他国家亦然，虽然过去不再存在，将来还未存在，但正确把握现实和长远、物质与精神方面的关系，才更有可能构建多元、健康发展的社会形态和更健全的个人。这正是索尔·贝娄作品的所体现出的世界性意义,由其作品的"美国性"衍发出了对全人类的"普适性"。

本章小结:个人与社会的发展都曾经有过受工具理性支配的单向度发展阶段,在工具理性的左右下,人们在处理现实与长远、物质与精神方面的关系,采取了急功近利的短视行为,因此造成了社会和个人发展的畸形,伯曼在《黑暗时期的美国:帝国的最后阶段》(*Dark Ages America: The Final Phase of Empire, 2006*)一书中把当今的"美国梦"归结为购物、个人主义和美国"宗教"。而这"宗教"包括上帝所交给的使世界其他国家"民主化"的使命。[31] 既然美国自身在经济和社会发展中存在着大量的问题,那么它就不配理直气壮地去做别人的指导老师,以高高在上的姿态在别国的发展中指手画脚地横加干涉,而是应该深刻反思自身存在的问题。索尔·贝娄作为美国社会发展的见证人和参与者,对现实有着清醒的认识和深切的关怀,改变美国社会现实不合理状态的激情也在他的作品中明显表现出来,使我们认识到,团结协作相对个人自由来说更加重要,文化多元重于文化同化,生活质量重于财富积累,持续发展重于物质无限增长,全球合作重于权力的单边行使,使人们认识到全球化不等于"美国化"或"西方化",要构建出一个"和而不同"的多样性的世界,因此,阅读他的作品对于二十一世纪迅速发展的中国具有十分重要的借鉴意义。

---

31 陈安:《美国知识分子:影响美国社会发展的思想家》,北京:当代中国出版社,2010年版,第222页。

结　语

　　文学研究一般可分为内部研究与外部研究两类，内部研究即是文学本体研究，主要研究文学的内在特质，如语言、形式和文体；而外部研究主要研究文学的外部世界，如文化、政治、历史等问题。所谓的文学外部和内部的研究不过是文学研究的两个不同视点而已，二者之间并非是完全矛盾的对立关系。文学是用语言、结构、形式、文体来表达对社会、人生、文化的思考，那么对文学的研究就必然会出现外和内的两个不同视点。北京大学葛晓音教授在《读懂文本为一切学问之关键》一文中曾说过：

　　　　外围研究不是不能继续做，但是应该由里到外，而不是由外到里。我以前也做过一些外围研究，都是先从作品研读中发现问题，然而再找外部原因。这样的角度，是属于文学研究界的人特有的……人们对文学本体研究的理解一般偏重于文学作品的艺术性研究，以及文学内部规律的研究。但我认为其实范围可以放得很宽，只要是从文学作品中读出来的问题，我觉得都可以算是文学本体的研究。小到作者的文学作品中表现的思想、情绪、感悟，大到一个历史阶段的文化现象，等等，并不限于艺术分析。[1]

葛晓音教授关于文学本体研究的说法正确与否有待商榷，但她对文学研究宽容的态度则确实有利于把文学研究的内部研究与外部研究很好地结合起来。本书的重点是对贝娄作品进行外部研究，而书中论及的各个方面同样离不开对贝娄文学作品的仔细阅读和认真的剖析。

1　葛晓音：《读懂文本为一切学问之关键》，广州：《羊城晚报》，2012 年 7 月 8 日。

作为一个全面反映了美国的社会现实,而又真正对社会现实进行深入思考并作出精辟分析,建立起自己博大的个性文学世界的作家,索尔·贝娄的作品是美国社会发展的现实写照。菲利普·罗斯在《重读索尔·贝娄》中曾由衷地赞叹说,贝娄这个移民的儿子是"真正意义上的哥伦布,我们追随他成为美国作家,"[2]是的,从他创作伊始,贝娄就认真地观察着美国,在其作品中表现着美国,思考着美国,从而形成了他的作品鲜明的"美国性",海明威1954年曾经说:"获得诺贝尔文学奖后,没有哪个混蛋会写出什么值得一读的东西。"[3]但索尔·贝娄用自己的创作实践打破了这种宿命,在获得诺奖后的近三十年岁月中,他笔耕不辍,像一个"如饥似渴的观察家"[4]一样,继续对其念兹在兹的美国社会进行观察和分析,

> 贝娄所理解的现实并不仅仅是钢筋水泥的冰冷建筑、灯红酒绿的上流社会生活、枪支、玫瑰、病菌、车辆、报纸和爱情,他不是那种靠堆砌物质名词来夸耀现实的作家,他永远都成为不了巴尔扎克和狄更斯,但是,没有谁比索尔·贝娄更能捕捉当代人类的心灵战栗,他仿佛是赫索格、赛勒姆和洪堡等无数知识分子的化身。[5]

因此,他才值得我们去关注、去研究,去发掘其文学创作对于现实社会的重大意义。

在获得诺贝尔文学奖后,美国乃至全世界的犹太人都为之而骄傲,因为他的成功被视为"美国犹太文学"所取得巨大成就,早在1959年,索洛塔诺夫在《一群代言人:美国文学中的犹太人》一文中就曾宣布贝娄为"美国犹太文学"中的轴心人物,但贝娄自己却对"美国犹太文学"和"美国犹太作家"的称呼十分反感,所以在1977年3月30日在华盛顿所做的题为《作家与祖国》的杰菲逊讲座演说中,他提出他的成功不仅是他个人的奋斗史,也是美国的发展历程,也就是说是美国的社会发展成就了他的文学创作。有些美国学者认为美国文化的一个突出特征就是,美国是一个持续不断地做决定的国家,选择、变化、运动和进步是美国人的新精神,美国作为一个现实,它的过程性更为明

2　转引自李丹:《论索尔·贝娄小说的精神内涵》,西昌:《西昌学院学报》(社会科学版),2010年第3期,第68页。

3　周南翼:《贝娄》,成都:四川人民出版社,2003年版,第265页。

4　米奇克·卡库坦尼对索尔·贝娄的评价,见于2002年11月19日《青年时讯》张永义《索尔·贝娄:如饥似渴的观察家》。

5　张永义:《索尔·贝娄:如饥似渴的观察家》,2002年11月19日《青年时讯》。

显，简言之，美国就是一个"过程"[6]。在这个过程中，作为创作主体的索尔·贝娄是美国公民，他的文学创作观照对象是美国社会，创作素材来源于美国社会，作品内容反映了美国的社会生活，作品在思想上继承了美国文学传统并反映出了它的重大主题。这就是我为何把索尔·贝娄研究的关注点放在贝娄文学创作的"美国性"上的原因。在他的作品中，索尔·贝娄总是把小人物放在大时代中，让读者通过小人物的悲欢去感受大时代的脉动，他把想象与历史相结合，把文学描写与观察思考相结合，用社会学家的睿智和文学家的丰富想象力，带领读者游历了八十年间的美国，从20年代的经济大萧条到美国参与第二次世界大战，从胡佛的繁荣幻想到罗斯福新政，从艾森豪威尔的铁幕统治到青年学生造反，从二三十年代艰苦恋睢到60年代的任性放纵，从工业的复兴到太空开发，从冷战的开始到外交的破冰，从为生计费尽心思到后现代的极度消费，或者刻意描写，或者雪泥鸿爪，都在贝娄作品中留下印迹。

美国文学史家、学者莫里斯·迪克斯坦曾经说过："艺术存在于相互联结的种种社会意义之中，但是从外部去记述这些意义是徒劳的，因为它们是由具有自身逻辑和严格标准的形式特征来传播的。"[7]贝娄的文学创作具有明显的伦理色彩，他是一个饱含人文关怀的作家，十分关注美国社会中人的生存状况，不断探讨现代社会中人的精神危机。爱德华·斯图尔特曾经指出：

> 我们发现所有美国个人主义典型的两极对立观仍然在发挥它们的作用：在深切渴望自主与自我依靠的同时，也怀有同样深切的信念，即生命只有在群体的处境下以及在与其他生命共同分享之中才有意义；在笃信每个人都拥有同等的权利与尊严的同时，却又努力替报酬不公——若走向极端，同样剥夺人的尊严——的现象进行辩解；在强调生活需要实际的效果与'现实主义'的同时，又坚持妥协是道义的毁灭这一看法。美国个人主义的内在张力构成了一个典型的似是而非的矛盾体。[8]

中国当代作家王安忆在她的《谈话录》中写道，"古典作家……他们人道主义立场是非常明确的：我真的同情你们，你们真的是很可怜，你们真的是可

---

6 这一观点可参阅董小川《美国文化概论》（2006年，人民出版社）导言部分。

7 Morris Dickstein：《伊甸园之门——六十年代美国文化》，方晓光译，上海：上海外语教育出版社，1985年版，译本序言，第IV页。

8 爱德华·斯图尔特：《美国文化模式——跨文化视野中的分析》，卫景宜译，天津：百花文艺出版社，2000年版，第198页。

以解释的，你们所有的都是可以解释的，但是我不因为你们可怜那我就同意你们苟且，你们依然不能无耻，我不能和你们同流合污，我还是要批评你们。我觉得人还是应该崇高的，不放弃崇高的概念"[9]，索尔·贝娄在认同社会发展和个人主义的同时，在二十世纪的美国依然追求着这种崇高。现代美国物质文明有着极大发展的"丰裕社会"中，由于物质主义和实利主义的进一步泛滥，越来越多的美国人只知道不顾一切地去追求个人利益和物质享受，他们根本不去关心生命的目的与存在意义，人们越来越失去自我的尊严和价值，人与人之间的关系变得越来越冷漠无情。灵魂遭到摧残，精神世界被瓦解，因此产生了种种社会问题和精神危机。面对美国社会日益严重的人道主义危机，贝娄在他的作品中对现代美国社会中人的自我本质进行了深入灵魂的拷问，把他们的生存状态细致地摹写出来，引起人们深入反思。

韦勒克（René Wellek, 1903-1995）曾经指出，"伟大的小说家们都有一个自己的世界，人们可以从中看出这一世界和经验世界的部分重合，但是从它的自我连贯的可理解性来说，它又是一个与经验世界不同的独特的世界。"[10]虽然索尔·贝娄认为自己对作家没有特定的想象，但他也承认一个艺术家的意义在于，首先，你看到了你以前从未看到过的东西；你睁开眼，那里就有一个世界，这个世界是个非常奇怪的地方，对于它，你有自己的版本，而非任何别人的版本，而你会忠于你的版本以及你看到的东西，这就是他自己成为作家的根源所在。如同莎士比亚形容戏剧的那样，"仿佛要给自然照一面镜子：给德行看一看自己的面貌，给荒唐看一看自己的姿态，给时代和社会看一看自己的形象和印记。"[11]面对自己的美国生活，贝娄不断地观察、想象、思考，他作品的主人公往往选取生活中的普通人，不经过多的提炼和拔高，而普通人的生活更有利于表现对美国社会观察和研究的深度、广度和及时性，因此他将个人的琐屑言行置于时代的大背景下，通过个人生活折射出美国的大历史，通过小说作品中每一个个体的思考反映出时代的大问题，这就是贝娄自己的版本，也是他"美国性"得以凸显的所在。如果说在他的创作伊始，贝娄希望别人将他看

---

9 王安忆、张新颖：《谈话录——我的文学人生》，北京：人民文学出版社，2011 年版，第 116 页。

10 韦勒克、沃伦：《文学理论》，刘象愚等译，北京：生活·读书·新知三联书店，1984 年版，第 238 页。

11 刘瑞强：《莎士比亚〈第十二夜〉翻译风格与语言风格评析》，北京：《语文建设》2015 年第 6 期，第 67 页。

作是美国作家而非犹太作家的话，那么，通过他的创作实践，他的目的达到了。综观他的作品，我们可以确认他是一个靠书写美国而成就的美国作家，头脑清醒的"局内人"，他是一个犹太人，但是更是一个美国作家，其作品的"美国性"成为他的象征资本，也使他能够跻身于世界伟大作家的行列之中，并获得诺贝尔文学奖等诸多奖项。

研究索尔·贝娄的方式多种多样，可以采取观念先行的方式，首先确立一个观念（概念），然后用贝娄作品中的内容去印证这个观念（概念），在这个过程中，作品只不过用来印证观念（概念）的材料，这种方法虽然有些削足适履的嫌疑，但如果运用得当，也未尝不可；其次是运用某种理论去阐释贝娄的作品，例如有些批评家利用存在主义哲学思想对《晃来晃去的人》《受害者》等单部作品进行解释，乃至对整体贝娄作品进行解释，提出"人生就在于选择"的结论，即使得出的结论是单方面的，但并不妨碍其有它的合理性；再次就是不局限于一时的作品，把贝娄的创作当作一个整体，放在历史发展的语境中去观照，去考察，从而有所发现，而不是先入为主地去阐释他的文学创作。在本书中我就采用了第三种方式，不是严格按照贝娄作品发表的时间为序，而是将它置于与其内容平行的历史语境中，随着美国历史的发展变化分析贝娄创作"美国性"的变迁。

需要注意的是，贝娄文学作品中的"美国性"与"犹太性"是同时存在的两个方面，尽管本书的重点在于研究索尔·贝娄创作的"美国性"表现，但我们不能将他的作品的"美国性"与"犹太性"截然对立起来，以其作品的"美国性"来否定其"犹太性"，这是因为贝娄一家虽然不是严格意义上的犹太教徒，但大体上也遵守犹太教的各种仪式，他早年学习过犹太教的经典，并认为犹太文化"是伟大力量的源泉……这是一份礼物和一大笔财富"[12]，约翰·克莱顿在《索尔·贝娄：人之卫士》一书中也曾经指出："索尔·贝娄对人类尊严的捍卫，是通过两大文化——犹太经验和美国经验的交融来实现的。"[13]犹太文化传统中的"受难"、"流浪"、"父与子"等文化母题也在一定程度上激发了他的想象力和创作灵感，促使他将这些"母题"加以改造应用到对美国社会的观察和描写中，从而使传统的犹太文化融入到对美国社会生活的揭示中去，

12 James Atlas, *Bellow: a biography*. New York: Random House, 2000, p.42.

13 John Jacob Clayton, *Saul Bellow: in defense of man*.Bloomington: Indiana University Press, 1979, p.30.

具有了明确的现实意义，从这一点上说，即使他在创作中淡化犹太身份，具有明显的美国化特征，其作品的"美国性"也受到了他的"犹太性"的推动。尽管二十世纪初期以后，美国推行"熔炉文化"，加强了美利坚民族文化的认同，努力消除新移民所带来的传统文化遗迹，促使新移民接受和适应美国人的心态、信仰和行为方式，但对于新移民来说，在走向"美国化"进行"种族选择"的过程中，正像坩埚里的金属不可能被完全融化一样，他们毕竟也不能完全割裂与自己原来种族传统文化的关系。因此，"美国性"与"犹太性"是贝娄文学创作中同时具有的两方面特征，只是过去绝大多数的批评家们囿于作者的族裔属性，只是将目光全部投射到对他"犹太性"的研究一面上，忽视了其作品具像化的现实指向。而本书研究的目的就在于裨补这方面的缺憾，消除贝娄研究的"盲点"，使曾经失衡的研究得以平衡。

在《美国文化的黄昏》一书中，美国社会学家莫里斯·伯曼（Morris Berman, 1944-）认为现在的美国是一个因愚蠢的浪费、公司意识的渗透而"发胖"的国家，一个在政治上、心理上和文化上没有生气的国家，一个机能高度不良，为冷漠、疏远、玩世不恭和狂热消费主义所苦的社会。索尔·贝娄不仅仅看到了美国社会现实中这样那样的事件，而且通过这些事件表现出了当代美国人所面临的生存条件，他们的悲哀与痛苦。虽然面对存在诸多问题的美国社会，在贝娄的创作中有哀其不幸的一面，但是，他不是一个悲观主义者，"他漂泊在我们这个摇摇欲坠的世界上，总是想找到立足点。他总是丢不掉他的信念：生活的价值取决于它的尊严，而不是取决于它的成功。"[14]即使是面对着美国愈来愈严重的政治腐化，城市衰败，社会不安定因素增多等堕落现象，他依然保持乐观主义的态度，坚信"美国梦"并没有完全破灭，强调要用艺术拯救人们的灵魂，拯救这个世界，所以，

> 贝娄不同于许多其他当代美国作家的地方在于他努力营造现实世界和他对人类信心之间的张力。他作品也涉及自己看到的暴力的、混乱的、堕落的和危险的世界；他的人物深深植根于这样一个世界。但是，他并不把这个世界描述为无望和荒谬的，他也不认为历史必然走向最终的灭亡……对贝娄来说，理性，人类理性仍然极为重要，因为理性使得人类有理解力……他确实明白世界的混乱和文明世界

---

14 诺贝尔文学奖评奖委员会在新闻稿中对索尔·贝娄笔下人物的评价。

的本质……但是，除了继续前行，他看不到人类有什么其他的选择。

他认为逃避和拒绝是不可能的，也是不切实际的。[15]

总之，本书通过研究索尔·贝娄作品中的社会现象以及作品主人公对现状的思考，或者根据当时的历史情况研究了贝娄的文学作品，发掘隐含在其作品背后的东西，使贝娄创作中的"美国性"得以初步地显现出来，以期为贝娄研究开辟一个新的方向。

15　Edmond Schraepen & Pierre Michel, *Notes to Henderson the Ring King*.Place Riad Solh, Beirut: Immeuble Esseily, 1981, p.8.

参考文献

一、中文参考文献

1. 白爱宏，抵抗异化：索尔·贝娄小说研究 [M]，北京：中国社会科学出版社，2010。

2. 曹德谦，美国通史演义 [M]，北京：中国社会科学出版社，2002。

3. 车凤成，索尔·贝娄作品的伦理道德世界 [M]，北京：中国社会科学出版社，2010。

4. 陈燕妮，告诉你一个真美国 [M]，北京：华夏出版社，1997。

5. 程锡麟，西特林的思与忧——《洪堡的礼物》主题试析 [J]，当代外国文学，2007（4）。

6. 程锡麟、王晓路，当代美国小说理论 [M]，北京：外语教学与研究出版社，2001。

7. 董乐山，美国的罪与罚 [M]，北京，光明日报出版社，1988。

8. 傅晓微，上帝是谁：辛格创作及其对中国文坛的影响 [M]，北京：人民文学出版社，2006。

9. 傅有德，现代犹太哲学 [M]，北京：人民出版社，1999。

10. 高婷，超越犹太性——新现实主义视域下的菲利普·罗斯近期小说研究 [M]，北京：光明日报出版社，2011。

11. 顾晓鸣，犹太——充满悖论的文化 [M]，杭州：浙江人民出版社，1994。

12. 何树、李培锋，追梦美国人 [M]，成都：四川大学出版社，2001。

13. 何顺果，美国历史十五讲（第二版）[M]，北京：北京大学出版社，2015。

14. 何欣，索尔·贝娄研究 [M]，台北：远行出版社，1977。

15. 胡江波，解读索尔·贝娄小说《拉维尔斯坦》的双重性 [J]，语文建设，2013（11）。

16. 黄也平主编，今日美国全书（上、下）[M]，北京：中国城市出版社，1998。

17. 黄育馥，人与社会——社会化问题在美国 [M]，沈阳：辽宁人民出版社，1986。

18. 籍晓红、李政文，索尔·贝娄的生态观——小说《院长的十二月》的启示 [J]，重庆交通大学学报（社会科学版），2015（1）。

19. 角谷美智子，索尔·贝娄论索尔·贝娄 [N]，深圳晚报，2007-1-22。

20. 李磊承，贝娄小说中的芝加哥书写——以《洪堡的礼物》为例 [D]，济南：山东师范大学，2012。

21. 李明滨主编，二十世纪欧美文学史（3，4 卷）[M]，北京：北京大学出版社，1999。

22. 李学会，索尔·贝娄小说中的人物形象在时间轴上的展开 [M]，北京：中国社会科学出版社，2012。

23. 凌晨光，历史与文学——论新历史主义文学批评 [J]，江海学刊，2001（1）。

24. 刘军，美国犹太人：从边缘到主流的少数族群 [M]，昆明：云南大学出版社，2009。

25. 刘洪一，走向文化诗学：美国犹太小说研究 [M]，北京：北京大学出版社，2002。

26. 刘洪一，犹太文化要义 [M]，北京：商务印书馆，2004。

27. 刘洪一，圣经叙事研究 [M]，北京：商务印书馆，2011。

28. 刘兮颖，受难意识与犹太伦理取向：索尔·贝娄小说研究 [M]，武汉：华中师范大学出版社，2011。

29. 刘绪贻、杨茂生主编，美国通史（1-6 卷）[M]，北京：人民出版社，2002。

30. 刘永涛，当代美国社会 [M]，北京：社会科学文献出版社，2001。

31. 钱满素，美国当代小说家论 [M]，北京：中国社会科学出版社，1987。

32. 钱满素，美国文明 [M]，北京：中国社会科学出版社，2001。

33. 乔国强，贝娄学术研究史 [M]，南京：译林出版社，2014。

34. 乔国强，辛格研究 [M]，上海：上海外语教育出版社，2008。

35. 乔国强，美国犹太文学［M］，北京：商务印书馆，2008。

36. 乔国强，从小说《拉维尔斯坦》看贝娄犹太性的转变［J］，上海大学学报（社会科学版），2011（3）。

37. 秦小孟主编，当代美国文学［M］，上海：上海译文出版社，1987。

38. 芮渝萍，美国成长小说研究［M］，北京：中国社会科学出版社，2004。

39. 史志康主编，美国文学背景概观［M］，上海：上海外语教育出版社，1998。

40. 宋林飞，西方社会学理论［M］，南京：南京大学出版社，1997。

41. 汤天一、胡新航，操纵美国命运的犹太人［M］，南昌：百花洲文艺出版社，2006。

42. 田珊：贝娄小说中的知识分子形象研究［D］，湘潭：湘潭大学，2009。

43. 王恩铭，当代美国社会与文化［M］，上海：上海外语教育出版社，1997。

44. 王军、邱昌安，美国文学思想新编［M］，长春：吉林人民出版社，2006。

45. 汪民安，身体、空间与后现代性［M］，南京：江苏人民出版社，2006。

46. 王小慧，评索尔·贝娄《拉维尔斯坦》中的身份认同［J］，湖南医科大学学报（社会科学版），2009（11）。

47. 王旭，美国城市史［M］，北京：中国社会科学出版社，2000。

48. 谢芳，回眸纽约［M］，北京：中国城市出版社，2002。

49. 谢芳，美国社区［M］，北京：中国社会出版社，2004。

50. 汪汉利，《赫索格》：空间叙事与主体性［J］，外语与外语教学，2013（2）。

51. 魏啸飞，美国犹太文学与犹太特性［M］，桂林：广西师范大学出版社，2009。

52. 武跃速，索尔·贝娄在60年代的保守态度：以《赫索格》和《赛姆勒先生的行星》为例［J］，浙江社会科学，2016（2）。

53. 吴银燕，《赛姆勒先生的行星》中的创伤与疗伤［J］，理论界，2015（7）。

54. 魏章玲，美国家庭模式和家庭社会学［M］，北京：世界知识出版社，1990。

55. 燕舞，终结是阅读的开始［N］，中国青年报，2005-4-10。

56. 杨仁敬，20世纪美国文学史［M］，青岛：青岛出版社，2010。

57. 姚颖、杨蕴玉，追求幸福，保护梦想——解读《追求幸福》的美国文化［J］，电影评介，2008（17）。

58. 于长江，从理想到实症——芝加哥学派的心路历程［M］，天津：天津古籍出版社，2006。

59. 于清一，一个世纪小说家的戏剧情结——解读索尔·贝娄[J]，艺术广角，1997（5）。

60. 袁明，美国文化与社会十五讲（第二版）[M]，北京：北京大学出版社，2015。

61. 袁雪生，论菲利普·罗斯小说的伦理道德指向[J]，江西社会科学，2008（9）。

62. 张军，索尔·贝娄成长小说中的引路人研究[M]，上海：上海外语教育出版社，2013。

63. 张钧，赛姆勒先生的行星：记忆与历史的争执[J]，外语研究，2011（1）。

64. 张甜，被围困的社会：索尔·贝娄中期城市小说创作漫谈[J]，外国语文研究，2017（6）。

65. 张宪军，论索尔·贝娄文学创作的现实主义性质[J]，科教导刊，2009（17）。

66. 祝平，悖论的迷宫——评索尔·贝娄的《拉维尔斯坦》[J]，当代外国文学，2006（1）。

67. 朱维之，希伯来文化[M]，杭州：浙江人民出版社1994。

68. 朱潇潇，希伯来文化——索尔贝娄作品中的永恒母题[J]，长春师范学院学报，2011（1）。

69. 朱振武等，美国小说本土化的多元因素[M]，上海：上海外语教育出版社，2006年。

70. 周南翼，二十世纪文学泰斗：贝娄[M]，成都：四川人民出版社，2003。

二、译著参考文献

1. 艾·弗洛姆，爱的艺术[M]，李健鸣译，北京：商务印书馆，1987。

2. 艾·辛格，卢布林的魔术师[M]，任小红译，南京：江苏文艺出版社，2012。

3. 爱德华·格莱泽，城市的胜利[M]，刘润泉译，上海：上海社会科学院出版社，2012。

4. 爱德华·W·萨义德，知识分子论[M]，单德兴译，北京：三联书店，2002。

5. 埃尔文·布鲁克斯·怀特，纽约到了[J]，孙致礼译，中国翻译，2000（1）。

6. 艾尔文·古德纳，知识分子的未来与新阶级的兴起［M］，顾晓辉、蔡嵘译，南京：江苏人民出版社，2002。

7. 埃莉诺·伯曼，纽约［M］，李新国、刘长龙译，北京：旅游教育出版社，2006。

8. 艾伦·布鲁姆，走向封闭的美国精神［M］，战旭英译，南京：译林出版社，2011。

9. 艾瑞克·洪伯格，纽约地标——文化和文学意象中的城市文明［M］，瞿荔丽译，长沙：湖南教育出版社，2008。

10. 保罗·博维，权力中的知识分子［M］，萧莎译，南京：江苏人民出版社，2005。

11. 贝淡宁、艾维纳，城市的精神［M］，吴万伟译，重庆：重庆出版社，2018。

12. 贝纳德·马拉默德，杜宾的生活［M］，杨仁敬、杨凌雁译，长沙：湖南文艺出版社，1992。

13. 伯纳德·马拉默德，基辅怨［M］，杨仁敬译，南京：江苏人民出版社，1984。

14. 伯纳德·马拉默德，伙计［M］，叶封译，南京：译林出版社，1999。

15. 伯纳德·马拉默德，马拉默德短篇小说集［M］，吕俊、侯向群译，南京：译林出版社，2001。

16. 布鲁斯·罗宾斯编，知识分子：美学、政治与学术［M］，王文斌译，南京：江苏人民出版社，2002。

17. C·詹克斯，什么是后现代主义［M］，李大夏译，天津：天津科学技术出版社，1988。

18. 丹尼尔·布尔斯廷，美国人：建国历程［M］，中国对外翻译出版公司译，北京：三联书店，1993。

19. 丹尼尔·布尔斯廷，美国人：开拓历程［M］，中国对外翻译出版公司译，北京：三联书店，1993。

20. 丹尼尔·布尔斯廷，美国人：民主历程［M］，中国对外翻译出版公司译，北京：三联书店，1993。

21. 丹尼尔·霍夫曼，美国当代文学（上、下）［M］，裴小龙等译，北京：中国文联出版公司，1984。

22. 丹尼斯·吉尔伯特、约瑟夫·A·卡尔，美国阶级结构［M］，彭华民等译，北京：中国社会科学出版社，1992。

23. 戴维·弗里斯比，现代性的碎片［M］，卢晖临译，北京：商务印书馆，2003。

24. 道格·桑德斯，落脚城市［M］，陈信宏译，上海：上海译文出版社，2012。

25. E·H·卡尔，历史是什么［M］，陈恒译，北京：商务印书馆，2012。

26. 菲利普·罗斯，再见，哥伦布［M］，俞理明、张迪译，北京：人民文学出版社，2009。

27. 菲利普·罗斯，凡人［M］，彭伦译，北京：人民文学出版社，2009。

28. 菲利普·罗斯，行话：与名作家论文艺［M］，蒋道超译，南京：译林出版社，2010。

29. 菲利普·罗斯，美国牧歌［M］，罗小云译，上海：上海译文出版社，2011。

30. 菲利普·罗斯，我嫁给了共产党人［M］，魏立红译，上海：上海译文出版社，2011。

31. 菲利普·罗斯，人性的污秽［M］，刘珠还译，上海：上海译文出版社，2011。

32. 弗·斯卡皮蒂，美国社会问题［M］，刘泰星、张世灏译，北京：中国社会科学出版社，1986。

33. G·H·埃尔德，大萧条的孩子们［M］，田禾、马春华译，南京：译林出版社，2008。

34. J·B·伯里，思想自由史［M］，周颖如译，北京：商务印书馆，2012。

35. 基里扬诺娃，美国家庭危机［M］，杨开唐、王振才译，长沙：湖南人民出版社，1987。

36. 基思·博茨福德，索尔·贝娄——美国的骄傲［J］，张群译，外国文学，1990（6）。

37. 简·雅各布斯，美国大城市的生与死［M］，金衡山译，南京：译林出版社，2006。

38. 杰弗里·C·戈德法布，"民主"社会中的知识分子［M］，杨信彰、周恒译，沈阳：辽宁教育出版社，2002。

39. 卡尔·博格斯，知识分子与现代性的危机［M］，李俊、蔡海榕译，南京：江苏人民出版社，2002。

40. 凯文·林奇，城市意象［M］，方益萍、何晓军译，北京：华夏出版社，2012。

41. 拉莫娜·科瓦尔，探寻孤独斗室的灵魂：深度访谈世界文学大师［M］，胡坤、王田译，北京：人民文学出版社，2013。

42. 拉塞尔·雅各比，最后的知识分子［M］，洪洁译，南京：江苏人民出版社，2002。

43. 劳伦斯·E·卡洪，现代性的困境——哲学、文化和反文化［M］，王志宏译，北京：商务印书馆，2008。

44. 刘保瑞编译，美国作家论文学［M］，北京：三联书店，1984。

45. 刘易斯·芒福德，城市发展史——起源、演变和前景［M］，宋俊岭、倪文彦译，北京：建筑工业出版社，2005。

46. 卢瑟·S·利基德主编，美国特性探索［M］，龙治芳等译，北京：中国社会科学出版社，1991。

47. 罗德·霍顿、赫伯特·爱德华兹，美国文学思想背景［M］，房炜、孟昭庆译，北京：人民文学出版社，1991。

48. 马·布雷德伯里、詹·麦克法兰编，现代主义［G］，胡家峦等译，上海：上海外语教育出版社，1997。

49. 莫里斯·迪克斯坦，伊甸园之门——六十年代美国文化［M］，方晓光译，上海：上海外语教育出版社，1985 年。

50. 莫里斯·迪克斯坦，途中的镜子：文学与现实世界［M］，刘玉宇译，上海三联书店，2008。

51. 米克·辛克莱，芝加哥［M］，易厚萍、易厚宇译，北京：电子工业出版社，2011。

52. 南希·帕特纳、萨拉·富特，史学理论手册［M］，余伟、何立民译，上海：上海人民出版社，2017。

53. 尼古拉·别尔嘉耶夫，人的奴役与自由——人格主义哲学的体认［M］，徐黎明译，贵阳：贵州人民出版社，1994。

54. 诺尔曼·布朗，生与死的对抗［M］，冯川、伍厚恺译，贵阳：贵州人民出版社，1994。

55. 诺曼·马内阿，索尔·贝娄访谈录［M］，邵文实译，北京：中信出版社，2015。

56. 皮埃尔·布尔迪厄，艺术的法则：文学场的生成与结构［M］，刘晖译，北京：中央编译出版社，2011。

57. 乔尔·科特金，全球城市史（修订版）［M］，王旭等译，北京：社会科学文献出版社，2010。

58. 乔恩·谢波德、哈文·沃斯，美国社会问题［M］，乔寿宁、刘云霞译，太原：山西人民出版社，1987。

59. 乔国强编，贝娄研究文集［G］，南京：译林出版社，2014。

60. R·E·帕克，城市社会学［M］，宋俊岭等译，北京：华夏出版社，1987。

61. Richard H. Pells，激进的理想与美国之梦——大萧条岁月中的文化和社会思想》［M］，卢允中、吕佩茵译，上海：上海外语教育出版社，1992。

62. 萨克文·伯克维奇主编，剑桥美国文学史（第七卷）［M］，孙宏等译，北京：中央编译出版社，2008。

63. 萨特，存在与虚无［M］，陈宣良译，北京：三联书店，1997。

64. 塞姆·德累斯顿，迫害、灭绝与文学［M］，何道宽译，广州：花城出版社，2012。

65. 斯特兹·特克尔，艰难时代［M］，王小娥译，中信出版社，2016。

66. 宋兆霖主编，索尔·贝娄全集（14 卷本）［M］，石家庄：河北教育出版社，2002。

67. 索尔·贝娄，拉维尔斯坦［M］，胡苏晓译，南京：译林出版社，2004。

68. 唐纳德·怀特，美国的兴盛与衰落［M］，徐朝友、胡鱼谭译，南京：江苏人民出版社，2002。

69. 特里·伊格尔顿，后现代主义的幻象［M］，华明译，北京：商务印书馆，2002。

70. 王宁主编，诺贝尔文学奖获奖作家谈创作［G］，北京：北京大学出版社，1987。

71. 亚伯拉编，艾·辛格的魔盒——艾·辛格短篇小说精选［M］，北京：中央编译出版社，2006。

72. 雅各·德瑞·马库斯，美国犹太人，1585-1990：一部历史［M］，杨波等译，上海：上海人民出版社，2004。

73. 伊哈布·哈桑，当代美国文学，1945-1972［M］，陆凡译，济南：山东人民出版社，1982。

74. 约瑟芬·多诺万，女权主义的知识分子传统［M］，赵育春译，南京：江苏人民出版社，2003。

75. 枝川公一，罪与罚——现代美国犯罪面面观［M］，宁燕平等译，海口：海南出版社，1997。

三、外文参考文献

1. Allen, Mary Lee. The Flower and the Chalk: The Comic Sense of Saul Bellow[D]. Ann Arbor, Mich: UMI, 1969.

2. Andres, Richard John. Self-consciousness and the "Heart's Ultimate Need": A Reading of Saul Bellow's Novel[D]. Ann Arbor, Mich. UMI, 1977.

3. Atlas, James. *Bellow: A Biography*[M]. New York: Random House, 2000.

4. Bach, Gerhard ed. *The Critical Response to Saul Bellow*[G]. Westport, CT: Greenwood Press, 1995.

5. Bellow, Saul. *Henderson the Rain King*[M]. New York: Popular Library, 1963.

6. Bellow, Saul. *The Adventures of Augie March*[M]. Greenwich Conn: Fawcett Publications, 1967.

7. Bellow, Saul. *Mr. Sammler's Planet*[M]. Greenwich Conn: Fawcett Publications, 1971.

8. Bellow, Saul. *Dangling Man*[M]. New York: Avon Books, 1975.

9. Bellow, Saul. *Herzog*[M]. New York: Penguin Books, 1976.

10. Bellow, Saul. *Humboldt's Gift*[M]. New York: Penguin Books, 1976.

11. Bellow, Saul. *The Dean's December*[M]. New York: Pocket Books, 1982.

12. Bellow, Saul. *The Victim*[M]. New York: Penguin Books, 1984.

13. Bellow, Saul. *More Die of Heartbreak*[M]. New York: Penguin Books, 1988.

14. Bellow, Saul. *A Theft*[M]. New York: Penguin Books, 1989.

15. Bellow, Saul. *Seize the Day*[M]. New York: Penguin Books, 2001.

16. Bellow, Saul. *Collected Stories*[M]. New York: Penguin Books, 2002.

17. Bellow, Saul. *Ravelstein*[M]. New York: Penguin Books, 2008.

18. Bigler, Walter. Figures of Madness in Saul Bellow's Longer Fiction[M]. *Bern*: *Peter Lang*, 1988.

19. Bloom, Harold ed. *Saul Bellow*[M]. New York: Chelsea House Pub, 1986.

20. Bradbury, Malcolm.*Saul Bellow's Herzog*, Critical Quarterly, 7[J], Autumn 1965.

21. Brabury, M.S. *Saul Bellow*[M]. London: Methuen, 1982.

22. Bukiet, Melvin Jules ed. *Neurotica: Jewish Writers on Sex*[G]. New York: W.W. Norton, 1999.

23. Chen, Tung-jung. Man in the City: A Study of Saul Bellow's Urban Novels[D], Ann Arbor, Mich: UMI, 1987.

24. Cheuse, Alan. *Talking Horse: Bernard Malamud on Life and Work*[M], New York: Columbia University Press, 1996.

25. Cheroff Weinstein, Ann. *Me and My (Tor) Mentor: Saul Bellow*[M]. iUniverse. com, 2007.

26. Clayton, John Jacob. *Saul Bellow: In Defense of Man*[M], Bloomington: Indiana University Press, 1979.

27. Cohen, Sarah Blacher. *The Comic Elements in the Novels of Saul Bellow*[D]. Ann Arbor, Mich: UMI, 1970.

28. Cronin, Gloria L. A Room of His Own: In Search of the Feminine in the Novels of Saul Bellow[M]. Syracuse, New York: Syracuse University Press, 2001.

29. Crosland, Susan. *Bellow's Real Gift*, Sunday Times[N], 1978-10-18.

30. Dickstein, Felice Witztum. The Role of the City in the Works of Theodore Dreiser, Thomas Wolfe, James T. Farrell and Saul Bellow[D]. Ann Arbor, Mich: UMI, 1973.

31. During, Simon. Against Democracy: Literary Experience in the Era of Emancipation[M]. New York: Fordham University Press, 2012.

32. Dutton, Robert Roy. The Subangelic Vsion of Saul Bellow: A Study of His First Six Novels, 1944-1964[D]. Ann Arbor, Mich: UMI, 1966.

33. Feuer, Diana Marcus. The Rehumanization of Art: Secondary Characterization in the Novels of Saul Bellow[D]. Ann Arbor, Mich: UMI, 1975.

34. Fu, Yong. *Bernard Malamud: His Uniqueness as an American Jewish Writer*[M], Peking: Foreign Language Teaching and Research Press, 2010.

35. Galloway, David Darry. The Absurd Hero in Contemporary American Fiction: The Works of John Updike, William Styron, Saul Bellow and J.D. Salinger[D].

Ann Arbor, Mich: UMI, 1963.

36. Gerhard Bach and Gloria L. C. ed. *Small Planets: Saul Bellow and the Art of Short Fiction*[G]. East Lansing: Michigan State University Press, 2000.

37. Glenday. *Saul Bellow and the Decline of Humanism*[M]. Michaelk. Bosingstoke, Hampshire: Macmillan, 1990.

38. Gloria L. Cronin and L.H. ed. *Saul Bellow in the 1980s: A Collection of Critical Essays*[G]. East Lansing: Michigan State University Press, 1989.

39. Gloria L. Cronin, Ben Siegel ed. *Conversations with Saul Bellow*[G]. University Press of Mississippi, 1995.

40. Goffman, Ethan. Between guilt and affluence: The Jewish Gaze and the Black Thief in Mr. Sammler's Planet, Contemporary Literature[J], 1997, 38(4).

41. Golden, Susan Landau. *The Novels of Saul Bellow: A Study in Development*[D]. Ann Arbor, Mich: UMI, 1976.

42. Halldorson, Stephanie. The Hero in Contemporary American Fiction: The Works of Saul Bellow and Don DeLillo[M]. New York: Palgrave Macmillan, 2007.

43. Harris, Mark. *Saul Bellow, Drumlin Woodchuck*[M]. Athens: University of Georgia Press, 1980.

44. Hana Wirth-Nesher, Michael P Kramer ed. *The Cambridge Companion to Jewish American Literature*[M]. Shanghai: Shanghai Foreign Language Education Press, 2004.

45. Hollahan, Eugene ed. *Saul Bellow and the Struggle at the Center*[M]. New York: AMS Press, 1996.

46. Hulley, Kathleen. Disintegration as Symbol of Community: a study of "The Rainbow" "Women in Love" "Light in August" "Prisoner of Grace" "Except the Lord" "Nothonour More" and "Herzog" [D].Ann Arbor, Mich: UMI, 1974.

47. Hume, Kathryn. *American Dream, American Nightmare: Fiction Since 1960* [M]. Peking: Foreign Language Teaching and Research Press, 2006.

48. Hux, Samuel Holland. American Myth and Existential Vision: The Indigenous Existentialism of Mailer, Bellow, Styron, and Ellison[D]. Ann Arbor, Mich: UMI, 1966.

49. Hyland, Peter. *Saul Bellow*[M]. Basingstoke, Hampshire: Macmillan Education Ltd, 1992.

50. Kazin, Alfred.*The World of Saul Bellow*, Contemporaries[M], Boston: Little Brown, 1960.

51. Kenner, Hugh. *From Lower Bellovia*, Harper's[J], February 1982.

52. Kociatkiewicz, Justyna. Towards the Antibildungsroman: Saul Bellow and the Problem of the Genre[M]. New York: Peter Lang, 2008.

53. Leader, Zachary. The Life of Saul Bellow: To Fame and Fortune, 1915-1964 [M]. Knopf Publishing Group, 2015.

54. Leese, David Allen. Laughter in the Ghetto: A Study of Form in Saul Bellow's Comedy[D].Ann Arbor, Mich: UMI, 1975.

55. Leila Hojjati. Acts of Narrative Confession in Selected Fiction of Saul Bellow [M]. Lambert Academic Publishing, 2013.

56. Lewin, Lois Symons. The Theme of Suffering in the Work of Bernard Malamud and Saul Bellow[D]. Ann Arbor, Mich: UMI, 1968.

57. Liu, Wensong. Saul Bellow's Fiction: Power Relations and Female Representation [M]. Xiamen: Xiamen University Press, 2004.

58. Luedtke, Luther. S. *Making America: The Society and Culture of the United States*[M]. Wasthington: United States Information Agency, 1988.

59. Marney, Elizabeth Ann Bingham. *Six Patterns of Imagery in Three of Saul Bellow's Novels*[D]. Ann Arbor, Mich. UMI, 1978.

60. Merkowitz, David Robert. Bellow's Early Phase Self and Society in "Dangling Man" "The Vctim" and "The Adventures of Augie March" [D]. Ann Arbor, Mich: UMI, 1972.

61. Michael P. Kramer ed. *New Essays on Seize the Day*[G]. New York: Cambridge University Press, 1998.

62. Miller, Ruth. *Saul Bellow: A Biography of the Imagination*[M]. New York: St. Martin's Press, 1991.

63. Morahg, Gilead. Ideas as a Thematic Element in Saul Bellow's "Victim" Novels [D]. Ann Arbor, Mich: UMI, 1973.

64. Nan XI. The Multiple Reconstruction out of Crisis: Masculinities in Bellow's Novellas, Canadian Social Science[J].September 2014.

65. Opdahl, Keith Michael. The Crab and the Butterfly: The Themes of Saul Bellow [D]. Ann Arbor, Mich: UMI, 1962.

66. Paule Lévy. *Autour de Saul Bellow*[M]. Presses de université d'Angers, 2010.

67. Pifer, Ellen. *Saul Bellow Against the Grain*[M]. Philadelphia: University of Pennsylvania Press, 1990.

68. Pinsker, Sanford. *Saul Bellow: "What, in All of This, Speaks for Man?"*, Ggeorgia Review 49, No.1[J], spring 1995.

69. Quayum, Mohammad .A. *Saul Bellow and American Transcendentalism*[M], New York: Peter Lang, 2004.

70. Raban, Jonathan. *The Stargazer and His Sermon*, London Sunday Times[N], March 1982.

71. Riehl, Betty Ann Jones. *Narrative Structures in Saul Bellow's Novels*[D]. Ann Arbor, Mich: UMI, 1975.

72. Rorigues, Eusebio L. Quest for the Human: Theme and Structure in the Novels of Saul Bellow[D]. Ann Arbor, Mich: UMI, 1970.

73. Rosenthal, Melvyn. The American Writer and His Society: The Response to Estrangement in the Works of Nathaniel Hawthorne, Randolph Bourne, Edmund Wilson, Norman Mailer, Saul Bellow[D]. Ann Arbor, Mich: UMI, 1969.

74. Roth, Philip. *Operation Shylock*[M]. New York: Vintage International, 1993.

75. Roth, Philip. *Portnoy's Complaint*[M]. New York: Vintage International, 1994.

76. Roth, Philip. *Sabbath's Theater*[M]. New York: Vintage International, 1995.

77. Roth, Philip. *The Plot Against America*[M]. New York: Vintage International, 2004.

78. Rovit, Earl H ed. *Saul Bellow: A Collection of Critical Essays*[G]. Englewood Cliffs, N. J: Prentice-Hall, 1975.

79. Saul Bellow and others. *Technology and the Frontiers of Knowledge*[M]. Garden City, New York: Doubleday, 1975.

80. Shannon, David. *Great Depression*[M], New Jersey: Prentice Hall, 1960.

81. Sheres, Ita. Prophetic and Mystical Manifestations of Exile and Redemption in the Novels of Henry Roth, Bernard Malamud, and Saul Bellow[D]. Ann Arbor, Mich: UMI, 1973.

82. Sternlicht, Sanford. *Masterpieces of Jewish American Literature*[M]. Peking: Renmin University of China Press, 2007.

83. Taylor, Benjamin. *Saul Bellow Letters*[M]. New York: Penguin Books, 2010.

84. Teranishi, Masayuki. Polyphony in Fiction: A Stylistic Analysis of Middlemarch, Nostromo, and Herzog[M]. New York: Peter Lang, 2008.

85. Thomas, Jesse James. The Image of Man in the Literary Heroes of Jean-Paul Sartre and Three American Novelists[D]. Ann Arbor, Mich: UMI, 1967.

86. Truslow Adams, James. *The Epic of America*[M], New York: Simon Publications, 2001.

87. Wald, Alan M. The New York Intellectuals: *The Rise and Decline of the Anti-Stalinist Left from the 1930s to the 1980s*[M]. Chapel Hill, NC: University of North Carolina Press, 1987.

88. Wasserman, Harriet. *Handsome is: Adventures with Saul Bellow: A Memoir*[M]. New York: Fromm International Pub, 1997.

89. Weber, Donald. Haunted in the New World: Jewish American Culture from Cahan to the Goldbergs[M]. Bloomington: Indiana University Press, 2005.

90. Wensheng Deng; Yan Wu; Danli Su. *The Jewish Motif of Intellectualism and Saul Bellow's Heroes*, Theory and Practice in Language Studies[J], April 2013.

91. White, Hayden. The Content of the Form: Narrative Discourse and Historical Representation[M], Baltimore: Johns Hopkins University Press, 1987.

92. Wilson, George Robert. *The Quest Romance in Contemporary Fiction*[D]. Ann Arbor, Mich: UMI, 1969.

93. Wilson, Jonathan. *On Bellow's Planet*[M], London & Toronto: Associated University Press, 1985.

94. Wilson, Jonathan. *Herzog: The Limits of Ideas*[M]. Boston: Twayne Publishers, 1990.

95. Wu, Lingying. Marginal Protagonist's Journey: A study on Saul Bellow and Ralph Ellison[M], Changsha: Central South University Press, 2005.

96. Zhang, Jun. Passover from Darkness to Light: A Study of Saul Bellow's Early Fiction[M]. Changchun: Northeast Normal University Press, 2007.

97. Zheng, Li. Liberating Pandora: A Study of the Female Images and Bisexual Relationship in Saul Bellow's Four Novels[M]. Peking: Foreign Language Teaching and Research Press, 2009.

98. Zhou, Nanyi. Toward a New Utopia: A Study of the Novels by Saul Bellow, Bernard Malamud and Cynthia Ozick[M]. Xiamen: Xiamen University Press, 2005.

后　记

　　这部论著是由我的博士论文修订后完成的，毕业后我在原来论文的基础上新增加了《从"美国性"到"普适性"——索尔·贝娄作品引发的世界性思考》一章，论述索尔·贝娄的普适性，但着眼点仍立足于他的美国性，从而使他的美国性与普适性很好地统一了起来。

　　这部著作的顺利完成得益于我的导师徐行言先生的悉心指导，感谢先生不囿于成见，收下了我这个年过不惑的老学生。先生业有所专，一直致力于表现主义文学的研究，但在博士论文的选题上却能尊重学生的个人意见、原谅我的任性，使我能够把硕士阶段已经开始的索尔·贝娄研究继续深入下去。在论文的撰写过程中，先生时时提点，教导我要围绕问题展开研究，特别是在索尔·贝娄这个被中外学术界已经研究得滥熟的关注对象上，一旦把握不好就会流于窠臼，因此，既要有出新的胆识，更要有问题观念，有和他人辩论的勇气，能够在辩驳的过程中使自己的观点确立起来，只有这样才是正确的学术研究方法。得益于先生的悉心教诲，我论文的写作思路才在多次调整后确立下来，并付诸写作时间，形成现在最终的成果。这部著作的完成，既有我的辛劳，同样凝聚着先生的心血。

　　此外，这部著作的完成，也得益于四川大学外国语学院程锡麟先生的无私帮助，因为要搜集论文写作资料的缘故，我曾在师妹曹瑶瑶的帮助下求教于他。作为国内从事美国文学研究的知名专家，程先生认真仔细地听取了我的论文写作的设想，从总体上给予了肯定，并说现在许多人都在研究索尔·贝娄的犹太性，如果我关于索尔·贝娄创作的美国性的研究能够完成的话，也算是拓展了一条新的思路。为帮我拓展视野，他将自己历年收集的关于索尔·贝娄研究的外文书籍借给我参阅，才使我能够及时掌握国际上索尔·贝娄研究的情况，避免走入研究误区。

长路漫漫，在学术探索的道路上每前进一步，都离不开前辈学者和各位朋友的帮助指导，每迈进一步，仿佛离自己曾经设定的目标更近了，但学然后知不足，这样就又感觉到好像离它越发的远了，只有不断学习，才有更多的收获。中国的索尔·贝娄研究曾经轰轰烈烈，热闹了好一阵子，如今渐渐冷却下来，但并不是说索尔·贝娄研究已经无潜力可挖，索尔·贝娄作品中的美国文化及其悖谬表现、索尔·贝娄叙事艺术综合研究等仍有待于我们去进一步深入分析。因此，无论是在思想上还是在艺术表现上，索尔·贝娄依然是世界文学研究的一个富矿，而我也将沿着自己业已开辟的道路继续走下去，以期为中国的索尔·贝娄研究做出自己的贡献。

2024 年 1 月 22 日于成都一川烟雨楼